U0727904

旨永神遥 明小品

吴承学 著

天津出版传媒集团
天津人民出版社

图书在版编目（CIP）数据

旨永神遥明小品 / 吴承学著 . —— 天津 : 天津人民
出版社 , 2019.9
（大家小札系列）
ISBN 978-7-201-15201-1

Ⅰ . ①旨… Ⅱ . ①吴… Ⅲ . ①小品文 – 古典文学研究
– 中国 – 晚明 Ⅳ . ① I207.62

中国版本图书馆 CIP 数据核字 (2019) 第 187259 号

旨永神遥明小品
ZHIYONG SHENYAO MINGXIAOPIN

出　　版	天津人民出版社
出 版 人	刘　庆
地　　址	天津市和平区西康路 35 号康岳大厦
邮政编码	300051
邮购电话	（022）23332469
网　　址	http://www.tjrmcbs.com
电子信箱	reader@tjrmcbs.com

责任编辑	李　荣
特约编辑	季　洁
装帧设计	UNLOOK · @广岛Alvin

制版印刷	北京金特印刷有限责任公司
经　　销	新华书店
开　　本	880×1230 毫米　1/32
印　　张	8.75
字　　数	280 千字
版次印次	2019 年 9 月第 1 版　2019 年 9 月第 1 次印刷
定　　价	52.00 元

版权所有　侵权必究
图书如出现印装质量问题，请致电联系调换（022-23332469）

序

秋天是收获的季节。意外的收获，常常带来不期而遇的惊喜。就像这本小书，在这个秋天重新和读者见面一样。

不期而遇发端于春天。彼时的康乐园，木棉花谢了，凤凰花正开，我的手头也正忙着纷至沓来的稿约，故而当素未谋面的北京领读文化的编辑打来电话，提及《旨永神遥明小品》的重新出版时，我婉言谢绝了。已经是网络时代，网上有太多让人目不暇接的东西，再去翻开那些久远的文字，会有回响吗？

地处广州的康乐园，一年四季花事不断，尤以春天为胜。偏巧今年的凤凰花开得参差零落，远不及往年来得繁茂。倒是我读书时的中文系旧址旁边，有一株兀自独立的凤凰木，树冠如盖，花红似火，在一碧如洗的蓝天下格外摄人心魄，惹得过往路人纷纷停下脚步，注目良久，让人有一种不期而遇的欢喜。也就是在这凤凰花开时节，不期然而然地，我同意了《旨永神遥明小品》的重新出版。

把这本小书交给北京领读文化出版，是基于对这家年轻的文化公司的逐渐了解。他们一直在用心做事，包括请来陈平原、钱理群、黄子平选编出别具一格的"漫说文化"丛书，这套丛书不仅选作家独具只眼，编文章独出心裁，出版方还特意邀请了专业的播音团队录制有声书，读者只须扫描书中的二维码，就能闭目享受那些即便久远却隽永依旧的文字……网络时代的阅读，何不尝试一下呢？

暑假我去了美国探亲。这个夏天世界发生了许多事情，就连天气也比往年显得酷热。在美国，虽然远隔重洋，虽然昼夜颠倒，网络却弥合了时空的距离，网络也让书稿的校勘变得快捷便利。这本小书当初因条件所限，在注释和版本上曾留下一些疏漏和遗憾，这次一一得到弥补。也因为身处大洋彼岸，我更加感受到了时间沉淀的力量和网络传播的力量。

触发我这些感慨的，是在美国期间，出乎意料地看到，自己很久以前写下的文字，在网络上，被熟悉和不熟悉的微信公众号、被认识和不认识的朋友不断转发。其中转发最多的一篇《我们缺的不是学术规范，而是学术良知》，是我2006年在中大中文系研究生新生欢迎会上的发言，十多年过去了，区区几千字拙文，在网络上的反响比当时还要大许多。我心里明白，不是这些文字如何了得，而是当时说的实话非但没有过时，甚至更契合现状。这种反响，让人五味杂陈。

做了一辈子学问，写了一辈子文章，从来不敢轻慢笔下的文字。倘如这些文字能经得起时间考验，许多年以后还有存在的价值，夫复何求？

吴承学

2019年秋于康园澹斋

目 录

追源溯流说文体

　　小品，这是人们比较熟悉同时也不甚了了的文体。我们都知道哪些作品叫"小品"，但假如要为"小品"下一个准确的定义，却是一道不易解答的问题。

　　细究起来，"小品"是一个颇为模糊的文体概念，它不像小说、戏曲、诗词、骈文等那些文体，在艺术形式上有某些鲜明具体的标志与特点。其实更准确地说，"小品"是一种"文类"，或者说是宽泛意义上的文体，它可以包括许多具体的文体。事实上，在晚明人的小品文集中，许多文体如序、跋、记、尺牍乃至骈文、辞赋、小说等几乎所有的文体都可以成为"小品"。不过，综观大多数被称为"小品文"的作品，仍然有其大体上的特点，但这种特点不是表现在对于体裁的外在形式的特别规定，而主要在于其审美特性，这种特点一言以蔽之曰："小"。这便是篇幅短小，文辞简约，独抒性灵，而韵味隽永。

我们今天所谓的"小品"是一个文学概念，但它却是来源于佛经的。刘孝标注《世说新语·文学》引释氏《辨空经》说："有详者焉，有略者焉。详者为大品，略者为小品。"鸠摩罗什翻译《摩诃般若波罗蜜经》，有二十七卷本与十卷本两种，一称作《大品般若》，一称作《小品般若》。所以"小品"的原意是与"大品"相举而言的，小品是佛经的节文。小品佛经因为简短约略，便于诵读、理解和传播，故颇受人们的喜爱。如六朝的张融《遗令》就写道："吾平生所善，自当凌云一笑。三千买棺，无制新衾。左手执《孝经》《老子》，右手执小品《法华经》。"临死尚念念不忘"小品"，可见其受欢迎之一斑，但"小品"一词在当时并不具备文学文体的意义。这种情况延续了很长时间，一直到了晚明，人们才真正把"小品"一词运用到文学之中，把它作为某类作品的称呼。这可以从当时的出版物的名称得到有力的旁证。晚明有不少以"小品"命名的散文集子，专集如陈继儒的《晚香堂小品》、陈仁锡的《无梦园集小品》、王思任的《文饭小品》、潘之桓的《鸾啸小品》、朱国桢的《涌幢小品》等；选本如王纳谏的《苏长公小品》、陈天定的《古今小品》……而小品文在晚明也从古文的附庸独立而成为自觉的文体。

为什么小品会在晚明勃然兴盛，这有其文学内部的原因。一方面明人继承了中国古代散文的优秀传统，另一方面，又创造性地赋予小品以独立的艺术品格，淋漓尽致地表现了小品的艺术特性，使小品成为一种富于个性色彩、表达相当自由的文体。

　　杨柳依依，绿树成荫，并不是在一朝一夕长成的，温润的气候和肥沃的水土还需要种子和时间的培育。尽管小品一词到了晚明才具有文学文体的内蕴，但从文学内部发展来考察，中国古代小品文可谓源远流长，关于小品文的起源有人甚至追溯到诸子散文，如钱穆先生在《中国文学中的散文小品》中就认为在先秦诸子和一些历史典籍中，已有小品文的雏形了。比如子曰："岁寒然后知松柏之后凋也。"他认为此一章只一句话，即可认为是文学的，我们可目之为文学中之小品。又如："子在川上曰：'逝者如斯夫！不舍昼夜。'"他认为此章仅两句，但亦可谓是文学，是文学中之小品。(《中国文学讲演集》)先秦诸子那种情味隽永的格言式语录，从广义的小品文形式来看，也可算是此中珍品。到了魏晋南北朝时期，已经出现大量可真正称为小品文的文章，除了《世说新语》之外，像陶潜的《桃花源记》、丘迟的《与陈伯之书》、吴均的《与朱元思书》乃至《水经注》与《洛阳伽蓝记》中的篇章，它们不但是成熟的小品文，而且在艺术上也达到佳妙绝伦的境界。而在唐宋的散文中，小品杰作更是数不胜数了。

　　晚明小品尽管渊源久远，但在前代作品中，六朝小品与宋人小品对晚明小品影响最大。

　　首先特别值得一提的当然是《世说新语》一书。此书在晚明影响很大，被文人们奉为圭臬，成为名士、文人清谈的经典。如邢侗在《刻世说新语抄引》中说："盖自隆、万以来，而《世说新语》大行东南天地间，若发中郎之帐，而斫淮南之枕，口不占不得中微谈，士不授不得称名下也。"晚明人之所以喜爱《世说新语》，主要是因为喜爱魏晋的清谈风气和放达之风，但同时也与喜爱其文采风流有关系。《世说新语》精要简远，高情远韵，令人回味不已。晚明小品也喜欢采用《世说新语》式的语言，如孙七政的《社中新评》，品评了四十三位诗社中的诗人，如：

　　莫廷韩为人正，如淮南小山作《招隐》，悲怀远意，不出骚家宗旨。而以气韵峻绝，独称高作，宜其为风流宗。

　　张仲立为人才高灿发，而托意幽玄。正如冰壶秋月，本宜着烟霞外去，乃强使适俗，故少年即多子建忧生之嗟。

　　张幼于为人好贤如渴，有古人风。前辈风流，萧索殆尽，若非之子，吴门大为岑寂。是于我辈中，有中兴功。

　　康山人幽致洒然，直意其闲猿野鹤群耳；及为君死友万里负骨，竟有铁石心肠。岂惟山人，抑且国士。（《明文海》）

这种品评都是重精神而略皮相，以匠心独运的形象性语言，来反映人物的风神个性，颇得《世说新语》之髓。

晚明小品中书札也明显受到《世说新语》的巨大影响。现以《尺牍新钞》中刊载的晚明书札为例：

深院凉月，偏亭微波。茶烟小结，墨花粉吐。梧桐萧萧，与千秋俱下。

诗文非怨不工。我于世无憾，遂断二业。

自去年已来，万事了不动心，惟见美人不能无叹。

小窗秋月竹影之间，时杂幼清，不若元常轩后，止见万竿相摩，了无一人影也。（卷之二·宋懋澄）

中年哀乐易感，触事销魂，虽复强颜应世，而内怀愤愤。每一念至，卒卒欲无明日。

雨中抱郁，且人境尘喧，悲秋之士，极难为情也。稍朗霁，西出图面。不尽缕缕。

仆平生无深好，每见竹树临流，小窗掩映，便欲卜居其下。（卷之二·莫廷韩）

入夏暂学闭关，益懒酬对。驰思足下，如暑月凉风，招摇不能去怀抱。（卷之四·茅维）

这些语言正得六朝之风流余韵，不管是有意模拟还是无意识的影响，总之形神兼似《世说新语》，有些甚至置于《世说新语》之中，也并不多让。

与六朝文相比，明代在文化上的联系与宋代更为密切，宋代散文小品对于晚明小品的影响更为直接也更为广泛。宋代散文繁荣的表现是多方面的，其中之一便是宋人的笔记、笔谈、杂记、笔录、随笔极多。而欧阳修、苏轼、黄庭坚这几位文学大师的随笔作品对晚明文人的小品创作的影响是显而易见的。欧阳修那些尺牍、题跋、随笔、札记涉笔成趣，优美而隽永，具有一种摇曳的"六一风神"。东坡的散文短制如行云流水，纯任本真；萧散简远，高风绝尘，不求妙而自然高妙。它们虽然不以小品命名，而实是小品文中的无上佳作。徐渭最佩服东坡，他在《评朱子论东坡文》中说："极有布置而了无布置痕迹者，东坡千古一人而已。"明人王圣俞在选辑《苏长公小品》时说，"文至东坡真是不须作文，只是随事记录便是文。"东坡小品兼有魏晋之洒脱和六朝之隽永，而自成一家。东坡对于晚明各种流派的作家都有巨大影响。虞淳熙曾生动地比喻说："当是时，文苑东坡临御，东坡者，天西奎宿也。自天堕地，分身者四。一为元美身，得其斗背；一为若士身，得其灿眉；一为文长身，得其韵之风流，命之磨蝎；袁郎晚降，得其滑稽之口，而已借光璧府，散炜布宝。"（《徐文长文集序》）这正是形象地说明在晚明许多著名作家身上，都得到东坡某些方面的艺术真传。

　　宋人优秀的作品，为晚明小品创作提供了艺术上的借鉴。晚明小品文作家在其中吸收大量的精华。袁宏道在《答梅客生开府》中

　　　　　　　　旨永神遥明小品

写道："邸中无事，日与永叔、坡公作对。"袁中道《答蔡观察元履》把苏轼的作品分为"高文大册"和"小说小品"，并明确地表明自己的审美兴趣："今东坡之可爱者，多在小文小说，其高文大册，人固不深爱也。"苏东坡对于明人影响，首先在其放旷潇洒、豪放乐观的文化人格方面，而在文学方面，东坡也是晚明小品作家的导师。东坡小品的萧散自如，高风绝尘，自是晚明小品作家所倾慕不已的，东坡的幽默与机智也是晚明文人所喜欢的风格。东坡往往是以幽默、滑稽来排遣、化解忧愁和苦闷。古人称东坡"以文笔游戏三昧"（《庚溪诗话》），又说"东坡多雅谑"（《独醒杂志》），而东坡的不少作品都标明是游戏之作。晚明小品受到苏东坡小品很大的影响，染上幽默和游戏色彩。晚明的嘲谑、雅谑对象有诗朋文友、酒侣茶伴，既可嘲人，也可自嘲，增添社交生活中的乐趣。

宋人罗大经《鹤林玉露》丙编卷之四中"山静日长"一段文章：

余家深山之中，每春夏之交，苍藓盈阶，落花满径，门无剥啄，松影参差，禽声上下。午睡初足，旋汲山泉，拾松枝，煮苦茗啜之；随意读《周易》《国风》《左氏传》《离骚》、太史公书及陶杜诗、韩苏文数篇。从容步山径，抚松竹，与麛犊共偃息于长林丰草间。坐弄流泉，漱齿濯足。既归竹窗下，则山妻稚子，作笋蕨，供麦饭，欣然一饱。弄笔窗间，随大小作数十字，展所藏法帖、墨迹、画卷纵观之。兴到则吟小诗，或草《玉露》一两段，再烹苦茗一杯，出步溪边。邂逅园翁溪友，问桑麻，说粳稻，量晴校雨，探节数时，相与剧谈一饷。归而倚杖柴门之下，则夕阳在山，紫绿万状，变幻顷刻，恍可人目，牛背笛声，两两来归，而月印前溪矣。

现代作家郁达夫在其《清新的小品文字》一文中引用了以上这段文字之后评论道："看了这一段小品，觉得气味也同袁中郎、张陶庵等的东西差不多。大约描写田园野景，和闲适的自然生活以及纯粹的情感之类，当以这一种文体为最美而最合。"（《闲书》）事实上，我们在晚明小品中所看到的生活情趣与艺术技巧，大多已经充分地表现在宋人小品之中了。所以我们可以说在艺术地感受和表现自然与生活方面，宋人小品也是晚明小品的前驱。

题跋作为一种独立的文体，始于唐宋。明人吴讷《文章辨体》说："汉晋诸集，题跋不载；至唐韩、柳，始有读某书及读某文题其后之名。迨宋欧、曾而后，始有跋语，然其辞意亦无大相远也，故《文鉴》《文类》总编之曰题跋而已。"从小品艺术的角度看，宋人的题跋对晚明小品文的影响也是十分巨大的。晚明人喜欢苏、黄，主要喜欢其题跋一类的小品。钟惺《摘黄山谷题跋语》文中认为，题跋之文，可以见出古人的精神本领，"其一语可以为一篇，其一篇可以为一部。山谷此种最可诵法。"而从黄庭坚的题跋中，可"知题跋非文章家小道也。其胸中全副本领，全副精神，借一人、一事、一物发之。落笔极深，极厚、极广，而于所题之一人、一事、一物，其意义未尝不合，所以为妙"。陈继儒也说："苏黄之妙，最妙于题跋，其次尺牍，其次词。"（《苏黄题跋小序》）其钟情于宋人题跋，于此可见一斑。明人毛晋所辑的《津逮秘书》，以宋人的题跋为一集，并在《东坡题跋》的附识中称苏东坡、黄庭坚为"元佑大家"，又说："凡人物书画，一经二老题跋，非雷非霆，而千载震惊，似乎莫可伯仲。"题跋之所以受到重视，主要是其形态短小灵活，不拘格套，符合晚明人的兴趣，这也是晚明出现大量题跋作品的一种原因。

我有一种看法，以为明代文学受唐宋影响极大，但在不同文体之中，影响又颇有不同。明代的诗歌受唐诗影响最大，而明代的散文似得益于宋文者最多，小品文也是其中的例子。

旨永神遥明小品

尽管不同作家存在着不同的创作个性，但同一文体的作品，总体上总是会呈现一定规范的文体特征。古人说过，论文以体制为先。在谈了晚明小品的艺术渊源之后，我们可以进一步探讨晚明小品在艺术形态上的特点。

从文体形式的发展来看，晚明小品在中国散文史上是相当有特点的。

传统古文的发展有一个历史进程。先秦两汉文，无规范可求，但浑浑瀚瀚，妙在无法之中。到了唐宋时代，在韩愈、柳宗元、欧阳修、苏轼等大家的努力下，古文的体制已发展完备，并达到极致，其篇章结构、起承转合、句法字法、修辞技巧、文脉节奏等等，都有法度可求。比起秦汉文来，唐宋古文的技巧更容易为后人所学习，明清两代取法唐宋文的人极多。明初人学习古文，或师承秦汉，或取法唐宋。尽管成就不小，然大多是文以载道的产物，其内容庄重与正统。唐宋派的文章篇幅短小，感情真切，又十分注重在生活琐事中捕捉到悠长的情韵，其小品味逐渐浓厚。但是在艺术法度和表现手法上，唐宋派仍执意向古人学习，学古目的是领会和掌握古人作文之法。而到了晚明的小品文，情况却截然不同，它们已在传统古文之外，另立一宗，形成自己的文体体制，在思想情趣与表现形式方面，都有迥异于传统古文之处。晚明小品与明代前中期散文相比，在艺术形式上最明显的变化就是从复古摹古转向师心自运，从传统的古文体制中解放出来。传统古文在长期的历史发展中所形成的一套格式——布局、结构、遣词、造句、字法、句法、章法等，到了晚明小品中，皆化为清空一气。晚明小品卸下文以载道的沉重负担，洗净冠冕堂皇的油彩，从而以悠然自得的笔调，以漫话与絮语式的形态轻松而自然地体味人生与社会。

小品是一种让人感到亲切的文体，大概可以说，在各种文体之中，小品最为自由，它相当接近真实的生活和个人的情感世界。小品可以说是无拘无束的：形式上可以是随笔、杂文、日记、书信，也可以是游记、序跋、寓言等等；内容可以言志，可以抒情，可以叙事，可以写景，可以写人，可以状物；其风格，可以幽默，可以闲适，可以空灵，亦可以凝重。晚明小品作家们似乎信手拈来，漫不经心，兴之所至，随意挥洒。它不像小说戏曲那样要苦心经营情节结构、塑造人物性格，也无需像古文那样讲究起承转合、纵横开阖之法，更不用像诗歌那样追求句式工稳、音韵和谐。总之，到了晚明小品文已成为中国古代文学中最为自由的。

晚明小品作家本身对于小品文的审美特征已经十分明确。比如王思任的《世说新语序》中就说："兰苕翡翠，虽不似碧海之鲲鲸；然而明脂大肉，食三日定当厌去。若见珍错小品，则啖之惟恐其不继也。"（《王季重十种·杂序》）王思任是借用杜甫诗的意思来说明小品与传统古文的区别的。杜诗云："或看翡翠兰苕上，未掣鲸鱼碧海中。"（《戏为六绝句》）杜甫把小巧玲珑的作品比喻为珍禽戏弄在兰花香草之上；把气势雄伟的诗篇比喻为鲸鱼飞航于碧海之上。杜甫本意是在呼唤着雄浑诗风的。王思任把小品文比喻为"兰苕翡翠"，首先肯定其总体审美价值虽然比不上"碧海鲲鲸"，但又自有其价值。他接着把"小品"和"大肉"相对，并指出其"清味自悠"的美学特点。大鱼大肉营养固然好，但用不了几天，人们便吃厌了；此时如果出现一碟风味小菜，食客们当然更为喜爱了。在王思任看来，小品文便是文学上的"珍错小品"。应该说，这种比喻是十分精彩的，因为它恰如其分地说明了小品的特点和价值，既不贬低也不拔高。从这点看，我们一些当代的学者对于晚明小品的评价尚不如古人那样实事求是。

从美学上看，晚明小品与传统古文的差异是明显的。简而言之，传统古文是气势义理取胜，而晚明小品则大多以意境情韵动人了。

在审美风貌上，传统古文如崇山峻崖，如霆如电，如长风之出谷；晚明小品则如幽林曲涧，如云如烟，如空谷之足音。这在中国古代散文发展史上，是一个值得注意的重大转折。然而与传统古文相比，晚明小品的文体特点和长处同时也包含着不足。可以说，晚明小品"虽小亦好，虽好亦小"。用晚明人形容晚明小品的话，便是"幅短而神遥，墨希而旨永"。（唐显悦《媚幽阁文娱序》引郑超宗语）这两句话对于明人小品的概括真是妙极了。《四库全书总目》评祝允明的文章"潇洒自如，不甚倚门傍户，虽无江山万里之巨观，而一邱一壑，时复有致"。（卷一七一）这句话几乎可以拿来移评晚明小品的主体风貌。

晚明小品的笔调，以明畅轻灵为主，其叙事简洁明快，其言情缠绵委婉，其评论谈言微中，曲折回环，自成佳境。读晚明小品，如与朋友围炉对谈，推诚相与，相视莫逆。晚明小品的表现技巧是相当高超的，如杜浚的尺牍《复王于一》：

> 承问穷愁，如何往日。大约弟往日之穷，以不举火为奇；近日之穷，以举火为奇，此其别也。（《尺牍新钞》卷之二）

此信是回答朋友问候的，其文笔简约而微妙。所言不过说与往日相比，每况愈下之意，但直说则近于诉苦而且索然无味了。作者比较说，往日的穷苦，间或断炊，别人感到惊奇；如今则穷至于以断炊为常事，能做上一顿饭，似乎成为新闻！如此捉襟见肘的穷，却被作者说得这样调皮。寥寥数句，就显出作者高超的语言驾驭能力。

在古代，诗以抒情，文以载道是一种传统。到了晚明，小品文家把诗歌（尤其是唐诗）体制意境运用于文中，以诗为文，在文体学上是一种创造，大大地加强了小品文的抒情特性，使之兼有浓郁的抒情诗意。因此明代小品文的"以诗为文"，一方面改变传统古文的特性，也为之灌注了生命力，因此，晚明小品存在一种诗化的倾向，并产生了大量诗情郁勃的作品。而这部分作品，往往艺术成就较高而且较受人们喜爱。晚明小品的"以诗为文"主要表现在对于意境的追求和营造之上。

晚明小品大多洋溢着诗情画意，这在山水园林小品中表现得最为充分。晚明作者以审美的眼光去品赏山水，选择景物，加以组织，通过烟云泉石、涧溪竹树抒发胸怀情趣，创造出隽永的意境。作者或触景生情，或移情入景，或情与景会，总之，作者的性灵与山水融为一体，而山水也成了有生命有品格的自然。晚明小品名家，像袁宏道、李流芳、张岱等，都是创造艺术意境的高手，而张岱的《湖心亭看雪》可以作为意境营造的典范。由于晚明小品作家多为江南人，而其景色也多表现江南秀色，由于地域的关系，晚明小品的意境往往有浓郁的江南色彩尤其是江浙一带的风光。晚明山水园林小品的意境虽然多样，其中也有雄浑壮阔的意境，但还是以清远萧散的意境为主。追求意境是山水园林小品的一种传统，不过晚明的山水园林小品更多带有庄禅意趣，以表现文人的潇洒出尘之胸襟。

除了山水园林小品之外，那些在日常生活场景中表现文人的生活情趣、生活理想的作品也颇有表现意境的佳篇。如张大复的小品：

三日前将入郡，架上有蔷薇数枝，嫣然欲笑，心甚怜之。比归，则萎红寂寞，向雨随风尽矣。胜地名园，满幂如锦，故不如空庭袅娜；若儿女骄痴婉娈，未免有自我之情也。(《蔷薇》)

明月驱人，步不可止，因访龚季弘，不相值。且归，遇诸途。小憩月桥，水月下上，风瑟瑟行之，作平远细皱，粼涟可念，二物适相遭，故未许相无也。人言"寻常一样窗前月"，此三家村语，不知月之趣者。月无水，竹无风，酒无客，山无僧，毕竟缺陷。(《缺陷》)

张大复这些小品都是写在日常生活中的独特感受。第一则写作者外出归来，看到架上数枝可爱的蔷薇枯萎零落而引起的伤感；第二则写作者在道上遇上朋友，一起在小桥上观赏流水与月色，并由水与月天然凑泊之美而联想到自然与人生的种种缺陷。我们不难看出作者的审美感受是何等的敏锐，何等的细腻。作者的确善于从寻常的事物中，发现富有人生意义的诗情。这些篇章短小而情意悠长，可以说是空灵隽永的散文诗。

晚明文人总是以相当敏锐的审美感受把握生活中的美，以抒情的手法来表现日常生活，把生活细节艺术化，在日常生活中营造一种文化氛围，使日常生活成为诗意融融的艺术境界。由于当时政治文化的影响，尤其是庄禅之风的浸染，晚明文人把对于外部社会的抗争转为逍遥自适，他们更为关切与自身密切相关的真实环境，着意去营造一种舒适而高雅的精神家园。在大多数晚明文人生活中，他们无论是居室园林、楼台馆阁的环境、还是琴棋书画，饮食茶酒的生活都十分讲究艺术化，以营造一种生活意境。生活在这种古雅清静的日常环境中，也就容易达到平和安宁的心境。我们这里以张鼐《题王甥尹玉梦花楼》为例，文中着重描写了当时文人典型和理想的读书环境：

辟一室，八窗通明，月夕花辰，如水晶宫、万花谷也。室之左构层楼，仙人好楼居，取远眺而宜下览平地，拓其胸次也。楼供面壁达摩，西来悟门，得自十年静专也。设蒲团，以便晏坐；香鼎一，宜焚柏子；长明灯一盏，在达摩前，火传不绝，助我慧照。《楞严》一册，日诵一两段，涤除知见，见月忘标；《南华》六卷，读之得《齐物》《养生》之理。此二书，登楼只宜在辰巳时，天气未杂，讽诵有得。室中前楹设一几，置先儒语录、古本"四书"白文。凡圣贤妙义，不在注疏，只本文已足。语录印证，不拘窠白，尤得力也。北窗置古秦、汉、韩、苏文数卷，须平昔所习诵者，时一披览，得其间架脉络。名家著作通当世之务者，亦列数篇卷尾，以资经济。西牖广长几，陈笔墨古帖，或弄笔临摹，或兴到意会，疾书所得，时拈一题，不复限以程课。南隅古杯一，茶一壶，酒一瓶，烹泉引满，浩浩乎备读书之乐也。

　　这种读书环境是文人生活环境的主要空间。它可以远眺风景，开拓胸次；可以焚香静坐，修身养性；可以临摹古帖，随意作文；可以饮茶品酒，澄怀涤虑。而所读之书，有佛典道藏，也有儒家著作，有秦汉古文，也有唐宋名家。这是一种读书的环境，也是一种修洁脱俗的艺术环境，这种环境，既便于读书，也利于厚生悦性。文中所说的"浩浩乎备读书之乐"，其实也是享受人生的闲情逸致。张鼐对于读书环境的描写，也透露出当时文人儒、道、释三教合一的生活旨趣和超逸、狂放与潇洒的文化品格与人生态度。

　　从艺术表现来看，晚明小品对于自然和人生丰富细腻的感受，敏锐的艺术感觉，出色的表现能力，可以说是其最有特点之处。如果说晚明小品存在"以诗为文"的创作倾向，那么在创作上最主要特征便是晚明小品作家具有相当细腻丰富的审美感觉，他们特别善于在日常生活与自然清景之中，捕捉到悠长的情趣和诗情，从而营造某种意境。如冯时可的《蓬窗续录》写道：

雨于行路时颇厌，独在园亭静坐高眠，听其与竹树飕飕相应和，大有佳趣。……尝与友人万璧同坐，窗外倚一蓬，雨滴其上，淙淙有声。璧请去之。余曰："何故？"璧曰："怪其起我无端旧恨在眉头耳。"余曰："旧恨如梦，思旧梦亦是一适。"故称旧雨新雨为"感慨媒"也。人生无感慨，一味欢娱，亦何意趣。

这则小品写听雨，不仅写出园亭听雨的佳趣，而且写雨声引起旧恨新愁，故把雨称为"感慨媒"，由雨声而及人生的境界意趣。卫泳的《枕中秘·闲赏》中的"雾"一则是富有美学意味的小品。文中把雾描写成为大自然的"匹练"和"轻绡"，冥迷的雾霭，"笼楼台而隐隐，锁洞壑以重重"，使"潭影难窥，花枝半掩"。雾，掩盖了大自然的一部分景物，但这种"掩盖"不是抹杀，霏霏蒙蒙的雾使人与大自然之间产生一定的审美距离，于是人们欣赏到在天朗气清之时所难以感受到的朦胧隐约之美。在雾的笼罩下，"树若增密，山若增深，景若增幽，路若增远"，雾霭使树木、山峦、景色、道路平添几分审美的魅力。因此作者总结说雾是大自然"胜概之一助也"。这是用一种审美的眼光来观察自然，而其看法也是很切合美学原理的。

　　　　　　　　　　　　旨永神遥明小品

事物本身往往利弊相兼。以诗为文，即以诗歌的表现手法融入古文创作之中，这可以说是文体方面的"杂交"，有其积极意义；但过分的诗化追求容易使古文失去传统的气势而显得文弱小巧。这也是晚明许多小品文的弊病。

悲怆颓放徐青藤

说到晚明文学，得先谈谈徐渭（青藤），因为他是晚明文学的前驱。徐渭的命运颇具悲剧色彩，他虽在少年时即有文名，但科举考试却很不顺利，屡试不中，因此怀才不遇，加上性气狂傲，所以仕途上很不得志。三十七岁时，就浙江总督胡宗宪之请，任幕下书记，兼参机要，后胡宗宪因事被治罪，徐渭精神失常而自戕未遂，后又因杀妻入狱，系狱七年。出狱后，纵情山水，漫游齐鲁燕赵，以诗文书画糊口，穷困以终。

徐渭一辈子穷愁潦倒，但在文学艺术上取得了巨大的成就，受到晚明文学家们的极力称誉。他是一个多才多艺的文化巨匠，在艺术方面，他的书法和绘画艺术达到极高的造诣，对后世影响很大。在文学上，徐渭的诗文与戏曲都有突出的成就，著有诗文集《徐文长集》、戏曲论著《南词叙录》、杂剧《四声猿》等。

徐渭的小品在其创作中虽然不是最突出的，但还是有自己的特

　　　　　　　　　　　　　　旨永神遥明小品

色。陆云龙在《徐文长先生小品序》一文中评论其小品时道："若寒士一腔牢骚不平之气，恒欲泄之笔端，为激为懑，为诋侮，为嘲谑，类与世枘凿。"这里对徐渭小品风格的评价相当准确。徐渭性格疏狂，又曾受到阳明之学的影响，加上怀才不遇，故形成一种愤激、放纵的风格。其为文，放纵淋漓，任情涂抹，然得心应手，真乃文学大家的手段。他的一些谈论书画的小品，常常以三言两语道出个中精义；它如尺牍、游记，亦时时显露"青藤道士"的独特个性。

在徐渭的小品文之中，题跋和尺牍写得最为漂亮。他的《题自书杜拾遗诗后》是一篇很值得重视的小品：

余读书卧龙山之巅，每于风雨晦暝时，辄呼杜甫。嗟乎，唐以诗赋取士，如李、杜者不得举进士；元以曲取士，而迄今啧啧于人口如王实甫者，终不得进士之举。然青莲以《清平调》三绝宠遇明皇；实甫见知于花拖而荣耀当世；彼拾遗者，一见而辄阻，仅博得早朝诗几首而已，馀俱悲歌慷慨，苦不胜述。为录其诗三首，见吾两人之遇，异世同轨，谁谓古今人不相及哉？

徐渭所敬佩的李白、杜甫和王实甫三人生活在科举时代却都不是进士，这种事实不知道应该是使徐渭感到激愤还是感到宽释。徐渭天才绝代，但到二十岁时，才勉强获得诸生（秀才）资格，以后近十次参加乡试，每次都碰壁而归，终生在功名上没有成就。在这篇题跋中，可以说是借古人酒杯，浇自己垒块。而在这三位古人中，杜甫的命运尤苦，更使徐渭感到与杜甫异代而同轨，同病而相怜，"每于风雨晦暝时，辄呼杜甫"。这是一种发自内心的感怆之情。

梦境是心境的曲折表现，徐渭写过《纪梦》二则，记录两段奇怪的梦境，颇能反映他的心态：

历深山皆坦易。白日，道广纵可数十顷。非秋鹜者，值连山北阯衙署四五所，并南面而阖。戎卒数十人守之。异鸟兽各三四羁其左，不知其名。予步至其中署，地忽震几陨。望山北青林茂密，如翠羽。亟走直一道观，入。守门者为通于观主人，黄冠布袍，其意留彼，主人曰："此非汝住处。"谢出。主人取一簿示某曰："汝名非'渭'，此'哂'字，是汝名也。"观亦荒凉甚，守门及主，亦并蓝缕。

时入匿群山人家冷室，而群山乃壁河之东，非西也。韩生陪焉。诸监移节群城五百及客无数，韩为之耳目，邀招以往，童子随者似东。似一二客踵至，辈伪扬曲至。卒曳行，到一曲巷。某曰："幸决某。"百等诺之。不百武，群山西上，一白羊，大可如一大驴而脚高，逐一白大羊，眼并黄金色。伯见之，怖而反走。误叫曰："虎来！虎来！"某为大白羊所钳，钳项右不伤，亦不痛。十八年五朔梦。

梦当然是子虚乌有的，但徐渭既然把它记录成文，就可见他对于此梦颇为重视。梦是一种心态的反映，徐渭的两个梦境，绝不是愉快欢乐、心旷神怡，而是迷离恍惚、若得若失，不知道来何处，去何方，甚至连自己的名字究竟是什么也搞不清楚；这梦境又有几分怪诞几分恐怖，梦到忽然地震，梦到把羊当作老虎，又被大白羊所钳。我们不是占梦家，当然不能破译此梦的意义，但假如说徐渭的梦反映一种潜在的焦灼、紧张、压抑和不安，恐怕不是空穴来风。

徐渭是一位不幸的艺术家，他有杰出的艺术才能，而且还有一副傲骨，但现实却让他以诗文书画作为糊口养家之资，像工匠那样出卖自己的艺术。他代别人写了大量文章，故有《抄代集》一书。在此书的序中，他说："古人为文章，鲜有代人者。"因为一般有才能的文士，不是当官，就是归隐，当官的有权势，自然不必代人写文章了，再说也不一定能写出文章；而归隐者高洁，自然不愿代人执笔了。而"渭于文不幸若马耕耳，而处于不显不隐之间，故人得而代之，在渭亦不能避其代"。骏马应奔驰万里，如今却作为耕田之具，岂不悲伤？在现实生活中，他处于"不显不隐"的尴尬地步，所以人家可以让他代笔，而他也不得不从命。在《幕抄小序》中，他说他在胡宗宪幕下五年，写了近百篇文章，只存一半，"其他非病于大诶，则必大不工者也"，而且"存者亦诶且不工矣"。后来他在《与马策之》中描写了自己寄人幕下的悲凉处境：

发白齿摇矣，犹把一寸毛锥，走数千里道，营营一冷坑上，此与老牯踉跄以耕，拽犁不动，而泪渍肩疮者何异？噫，可悲也！

写此信时，徐渭已是年过半百，发白齿摇，为了生活只好投奔老朋友，做他的幕僚，代他写文章，以徐渭横溢的天才和才高气傲的个性，这种处境的悲凉无奈是不言而喻的。在信中徐渭把自己比喻为一头老公牛，踉踉跄跄勉力耕田，可是筋疲力尽，拉不动沉重的犁，眼泪簌簌而下，滴渍在肩头的伤疤上。读徐渭的文章，不难感受到这位天才的压抑之情。

徐渭在四十五岁时，胡宗宪因被指控与严嵩有牵连而被捕，后自杀于狱中，徐渭听到这个消息之后，感到绝望，又深恐受辱，便打算自杀，还写了《自为墓志铭》以明志。在此文中，徐渭生动而传神地刻画了自己那种狂傲、颓放的畸人形象，他说自己的性格"贱而懒且直，故惮贵交似傲，与众处不浣袒裼似玩，人多病之，然傲与玩，亦终两不得其情也"，写自己傲慢与玩世，故与世多违。"渭为人度于义无所关时，辄疏纵不为儒缚，一涉义所否，干耻诟，介秽廉，虽断头不可夺。"表现自己强烈的叛逆精神，和对儒家传统规范的蔑视。他还以虚拟的口气写他死后的境地：

故其死也，亲莫制，友莫解焉。尤不善治生，死之日，至无以葬，独馀书数千卷，浮罄二，研剑图画数，其所著诗若文若干篇而已。

读到这里，令人为之扼腕叹息。徐渭的《自为墓志铭》是一种风格真率本色的好文章。后来明末的张岱也写过《自为墓志铭》，看来是受到徐渭此文的一定影响。

徐渭的文章，有一种相当特殊和复杂的况味：傲气之中流露出悲怆，悲凉之中又夹带着幽默。徐渭在艰难之中，还是保持一种幽默感。《与梅君》：

肉质蠢重，衰老承之，不数步而挥汗成浆，须臾拌却尘沙，便作未开光明泥菩萨矣。再失迎候道驾，并只在乡里故人咫尺之间摇扇闲话而已，非能远出也。稍凉敬当趋教，兼罄欲言。

信中写自己年老体胖，动辄汗流浃背，而一蒙尘土，则便如混混沌沌未画眉目的泥菩萨。说得何等的风趣幽默。又如尺牍《与道坚》一则说，京城就如一座金矿，各地的人涌入京城，就好像是来淘金似的，对于命运好的人来说，"满山是金银"；而"命薄者偏当空处，某是也"。苦命人偏偏总是挖到空处，入宝山空手而归，我就是如此。这种比喻，自我嘲讽，而显得机智幽默。

徐渭是一位有多方面造诣的艺术家，他有些论及艺术创作的小品也颇为精彩。如在《与两画史》一札中写道：

奇峰绝壁，大水悬流，怪石苍松，幽人羽客，大抵以墨汁淋漓，烟岚满纸，旷如无天，密如无地，为上。

百丛媚萼，一干枯枝，墨则雨润，彩则露鲜，飞鸣栖息，动静如生，悦性弄情，工而入逸，斯为妙品。

这是与画家谈论画艺的书札。徐渭本人就是写意画大师，对于绘画的意境与技法体会精微。此则尺牍先是论写意山水，推崇用淋漓的笔墨，创造一种苍茫奇伟的风格；花鸟画，则有所不同，以润墨鲜彩，塑造既精工，又富有灵逸之气、悦人性情的意境。在这短札中，徐渭无意为文，但他那种以画家特有的艺术感觉所刻画出来的生动的艺术形象，构成一幅栩栩如生的山水画和花鸟画，很有画趣，可谓状难状之景如在眼前。又如《书石梁雁宕图后》：

台、宕之间，自有知以来，便驰神于彼，苦不得往，得见于图谱中，如说梅子，一边生津，一边生渴，不如直啜一瓯苦茗，乃始沁然。今日观此卷画图，斧削刀裁，描青抹绿，几若真物，比于往日图谱仿佛依稀者，大相悬绝，虽比苦茗，尚觉不同，亦如掬水到口，略降心火。老夫看取世间，远近真假，有许多种别，不知他日支杖大小龙湫，更作何观。

此种跋语，写得何等洒脱，文笔又是何等老辣颓放，寥寥数语，竟有多番曲折。用笔不温不火，而却波澜纵横；虽是题画，而其中又洋溢着自己的情趣爱好，令人不能不佩服徐渭确有极高的语言艺术修养。

徐渭的生活年代是在嘉靖中叶至万历中叶，他的作品中强烈的个性和狂放不羁的精神，可以说是晚明文学精神和文学创作的先行者，但在那个时代，徐渭只是一位知名度不大、没有多少人喝彩的孤独的天才，后来由于袁宏道等人的大力推崇，徐渭遂成为晚明文学的旗帜。

豪气凌人李卓吾

李贽是明代新兴社会思潮的突出代表，是公安派精神上的导师。

尽管李贽主要不是以文学家名世，但他的一些小品，摆脱古文格套，信笔而书，发前人之所未发，尖锐犀利，不同凡响，与晚明小品作家相比绝不逊色，而且在文体上有相当鲜明的特色。

李贽杂文的特点首先是尖锐直率。如在《答耿司冠》中，李贽揭露耿定向言行不一的伪善：

试观公之行事，殊无甚异于人者。……种种日用，皆为自己身家计虑，无一厘为人谋者。及乎开口谈学，便说：尔为自己，我为他人；尔为自私，我欲利他；我怜东家之饥矣，又思西家之寒难可忍也。某等肯上门教人矣，是孔孟之志也；某等不肯会人，是自私自利之徒也。某行虽不谨，而肯与人为善；某等行虽端谨，而好以佛法害人。以此而观，所讲者未必公之所行，所行者又公所不讲。

其与言顾行、行顾言何异乎?

李贽还尖锐地指出耿定向口是心非的性格，又把耿定向的言行与普通百姓相比较："翻思此等，反不如市井小夫。身履是事，口便说是事，作生意者但说生意，力田作者但说力田。凿凿有味，真有德之言，令人听之忘厌倦矣。"此等文字，淋漓尽致，入木三分，直扫温柔敦厚的传统。就李贽文章的任性直率而言，可谓开晚明文风，但晚明文人的战斗性却远逊于李贽了。

李贽的眼光相当敏锐，他的翻案文章往往从似乎毫无道理之处立论，令人耳目一新。如贪生怕死自古以来被视为人的恶性之一，但李贽偏偏说怕死为学道之本："世人唯不怕死，故贪此血肉之身，卒至流浪生死而不歇；圣人唯万分怕死，故穷究生死之因，直证无生而后已。无生则无死，无死则无怕，非有死而强说不怕也。"又说，"自古唯佛圣人怕死为甚。"他认为孔子的"朝闻道，夕死可矣"句是"怕死之大者"，因为其意是"朝闻而后可免于死之怕也"。(《答自信》) 听李贽一说，确有道理。这便是"佞舌"的功夫了。又如李贽论君子之误国，更甚于小人。在《党籍碑》中说："公但知小人之能误国，而不知君子之尤能误国也。小人误国，犹可解救，若君子误国，则末之何矣，何也? 彼盖白以为君子，而本心无愧也，故其胆益壮，而志益决。"李贽确善于做翻案文章，推倒成说，开拓心胸。他的论证常采用一种逆向思维的方式，从"无理"处生出道理，从常人思想不到处看问题，反映出他非同寻常的锐利眼光和敏捷的思维。

直率大胆，毫无传统文人温文谦恭的作风，这是李贽的人品与文品一致之处。比如他的自我评价便颇能表现这种风格，他在《焚书》卷四《杂述》里谈到为人须有识、才、胆，而其中，识最重要。"有二十分见识，便能成就得十分才"，"有二十分见识，便能使发得十分胆"。有人问他对于自己识、才、胆三者的自我估价时，他说：

　　我有五分胆，三分才，二十分识，故处世仅仅得免于祸；若在参禅学道之辈，我有二十分胆，十分才，五分识，不敢比于释迦老子明矣；若出词为经，落笔惊人，我有二十分识，二十分才，二十分胆。呜呼！足矣。我安得不快乎？（《二十分识》）

虽略有谦辞，但字里行间仍掩不住那种傲气、豪气和自得自信之感，自古以来敢于自称有"二十分识，二十分才，二十分胆"者，舍李贽之外，还有多少人呢？在这里，是找不到传统文人那种温良恭让之风的，当然也更无虚饰之风了。又如《答周友山书》中论人情必有所寄时说："各人各自有过活物件，以酒为乐者，以酒为生，如某是也；以色为乐者，以色为命，如某是也。至如种种，或以博弈，或以妻子，或以功业，或以文章，或以富贵，随其一件，皆可度日。"

这种口吻，正是晚明许多文人自我表现、自我暴露习气的蓝本。

李贽的文章有一种"豪气"，有一种居高临下，俯视众生的气概，一种自视甚高的自豪感。《读书乐引》中自述其读书之乐，说他之所以在老年还能读书，是老天爷的恩赐，于是便有下面一段文字：

天幸生我目，虽古稀犹能视细书；天幸生我手，虽古稀犹能书细字。然此未为幸也。天幸生我性，平生不喜见俗人，故自壮至老，无有亲宾往来之扰，得以一意读书；天幸生我情，平生不爱近家人，故终老龙湖，幸免俯仰逼迫之苦，而又得以一意读书。然此亦未为幸也。天幸生我心眼，开卷便见人，便见其人终始之概。夫读书论世，古多有之，或见皮面，或见体肤，或见血脉，或见筋骨，然至骨极矣。纵自谓能洞五脏，其实尚未刺骨也。此余之自谓得天幸者一也。天幸生我大胆，凡昔人之所忻艳以为贤者，余多以为假，多以为迂腐不才而不切于用；其鄙者、弃者、唾且骂者，余皆以为可托国托家而托身也。其是非大戾昔人如此，非大胆而何？此又余之自谓得天之幸者二也。

这段话，虽似谢天之言，实是自赞之语。言自己嗜好读书而且有独具慧眼大胆思考的精神。这一段话用了六个"天幸生我"的排比句，而且分为数层，层层深入，"天幸生我目"，"天幸生我手"，至老还能有看细字的眼，还有写细字的手，这只是身体之幸，是一般读书人应有的条件，有这种天赋的人很多；但是有天生好"手""眼"的人不一定愿意读书，而"天幸生我性"，"天幸生我情"，则是那些摒弃俗务，潜心学问者的条件，这种人已是很少有了；而"天幸生我心眼""天幸生我大胆"，即是具有大胆的独创性，有卓越的识见和判断力，有敢于翻千古之旧案，自立一家之言的胆量，有这种天赋的人则是凤毛麟角了。这也是李贽认为最值得庆幸、最为自豪之处。而李贽在这里所言的读书，已经不是一般单纯接受意义的读书，而是一种富有创造性的理解。

读李贽的文章，令人感到它是从内心迸发而出，有一股不可压抑的力量。其论说之文更如冲锋陷阵，战无不胜。他在《与友人论文》一信中说："凡人作文皆从外边攻进里去，我为文章只就里面攻打出来，就他城池，食他粮草，统率他兵马，直冲横撞，搅得他粉碎，故不费一毫气力，而自然有余也。"这段话非常形象地表达出他的创作特点。他还在一篇文章中描写真正文章的形成过程中说：

且夫世之真能文者，比其初皆非有意于为文也。其胸中有如许无状可怪之事，其喉间有如许欲吐而不敢吐之物，其口头又时时有许多欲语而莫可所以告语之处，蓄极积久，势不能遏。一旦见景生情，触目兴叹；夺他人之酒杯，浇自己之垒块；诉心中之不平，感

旨永神遥明小品

数奇于千载。既已喷玉唾珠，昭回云汉，为章于天矣，遂亦自负，发狂大叫，流涕恸哭，不能自止。宁使见者闻者切齿咬牙，欲杀欲割，而终不忍藏于名山，投之水火。（《杂述·杂说》）

这些话，不妨看成是李贽的夫子自道。李贽的文章都是有感而发，发愤而作的，其作品猛烈如炽火，奔腾如飞瀑，自由奔放，富于鼓动性，其语言明白畅达，有声有色，又时时杂以口语、俚语、骈语、佛语、道家语，无拘无束、淋漓尽致地表现了自己的独特的个性和思想。李贽的文章"霸气"凌人，有一种喷薄而出、排山倒海之势，一种难以抗拒的力量。这主要是因为其思想的深刻性、尖锐性，但在艺术上看，与其语言风格关系也很密切。以《童心说》为例：

龙洞山农叙《西厢》，末语云："知者勿谓我尚有童心可也。"夫童心者，真心也。若以童心为不可，是以真心为不可也。夫童心者，绝假纯真，最初一念之本心也。若失却童心，便失却真心；失却真心，便失却真人。人而非真，全不复有初矣。

这里，以龙洞山农的一句话引起，从此议论开去，如长江大河，滔滔向来，一浪高于一浪。下面谈到失却童心之人，其言虽工，但毫无价值：

岂非以假人言假言，而事假事，文假文乎？盖其人既假，则无所不假矣。由是而以假言与假人言，则假人喜；以假事以假人道，则假人喜；以假文与假人谈，则假人喜。无所不假，则无所不喜。满场是假，矮人何辩？然则虽有天下之至文，其湮灭于假人而不尽于后世者，又岂少哉？

　　在这里，李贽采用了排比、重复等修辞方式，给人一种强烈的印象，近二十个"假"字，联翩而出，这铺天盖地而来的"假"之可恶、可怕与上文所言的"真"遂形成强烈的对比，而"童心"之可贵就令人信服了。李贽的文章极讲究文字技巧，注意艺术效果，它确有一种魔力，使人不知不觉地受到感染。如下文：

　　且吾闻之："追风逐电之足，决不在于牝牡骊黄之间；声应气求之夫，决不在于寻行数墨之士；风行水上之文，决不在于一字一句之奇。若夫结构之密，偶对之切，依于理道，合乎法度；首尾相应，虚实相生：种种禅病皆所以语文，而不可以语于天下之至文也。"（《杂述·杂说》）

　　此段文字便是吸收了先秦纵横家的写作技巧，故形成一种排山倒海、呼啸而来的气象。又如李卓吾论苦乐相因时说："人知病之苦，不知乐之苦。乐者，苦之因，乐极则苦生矣；人知病之苦，不知病之乐。苦者，乐之因，苦极则乐至矣。苦乐相乘，是轮回种。因苦得乐，是因缘法。"（《复丘若泰》）非常深刻的思想表达非常流畅，如珠落玉盘，美妙动听。作者很巧妙地运用了一联长对，这不是为了卖弄文字技巧，而是一种与其表达的思想相一致的形式，让"苦乐相乘"辩证思想与这种对偶的形式和谐地统一起来。

除了论说文之后，李贽的尺牍也十分精彩。周作人曾在《重印〈袁中郎全集〉序》中议论说："不知怎的，尺牍与题跋后来的人总写不过苏、黄，只有李卓吾特别点，他信里那种斗争气分也是前人所无，后人虽有而外强中干，却很要不得了。"李贽尺牍中也同样表现出他那种强烈的个性和斗争精神。如当湖广金事史旌贤扬言要惩治和驱逐李贽出麻城，耿克念邀请李贽前去黄安。李贽认为如果去了，人们将误会他害怕了，跑到黄安"求解免"，所以便决意不去，并写了《与耿克念》一信，信中说：

丈夫在世，当自尽理。我自六七岁丧母，便能自立，以至于今七十，尽是单身度日，独立过时。虽或蒙天庇，或蒙人庇，然皆不求自来，若要我求庇于人，虽死不为也。历观从古大丈夫好汉尽是如此，不然，我岂无力可以起家，无财可以畜仆，而乃孤孑无依，一至此乎？可以知我之不畏死矣，可以知我之不怕人矣，可以知我之不靠势矣。盖人生总只有一个死，无两个死也，但世人自迷耳。有名而死，孰与无名？智者自然了了。

这些话可谓掷地作金石声，真有"大丈夫好汉"的胆气和豪情。"不畏死""不怕人""不靠势"，这就是他的人生信条。"人生总只有一个死，无两个死。"悲壮之慨，千古犹能动人。这种献身精神和执拗不屈的个性，正是晚明许多文人所缺少的。他在另一封《与耿克念》的信中，又写道，他不是可以被吓跑的人，"我若告饶，即不成李卓老矣。""我可杀不可去，我头可断而我身不可辱。"总之宁死不屈，这种文人中硬汉子的形象，令人肃然起敬。

李贽的作品与思想对于晚明创作产生了巨大的影响，受李贽影响最直接的当然是公安派。袁宗道曾向李贽问学，他在给李贽的信中说："不妄读他人文字觉瀯瀯，读翁片言只语，辄精神百倍。"袁宏道曾到麻城三个多月，从李贽问学，两年后，又与宗道、中道一起再次拜会李贽。袁宏道十分推崇李贽的《焚书》："愁可以破颜，病可以健脾，昏可以醒眼，甚得力。"（《李宏甫》）李贽的思想成为他创作飞跃的契机。袁中道说，袁宏道"既见龙湖，始知一向掇拾陈言，株守俗见，死于古人语下，一段精光，不得披露。至是浩浩焉如鸿毛之遇顺风，巨鱼之纵大壑。能为心师，不师于心；能转古人，不为古转。发为语言，一一从胸襟流出，盖天盖地，如象截急流，雷开蛰户，浸浸乎其未有涯也"。（《吏部验封司郎中中郎先生行状》）而中道也十分崇拜李贽，称他是"今之子瞻也"，而"识力、胆力，不啻过之"。（《龙湖遗墨小序》）他还写了《李温陵传》，为李贽立传。总之，公安三袁都是李贽的崇拜者，其思想和创作都受到其直接的影响。

但是李贽的文章与晚明小品诸家甚至与公安派相去甚远。的确，就其追求个性解放、独抒性灵、不拘格套这些方面而言，精神是相通的。但李贽文章以气胜，而晚明诸家小品以韵胜。公安派之长在于"趣"，在于情致；李贽之长则在于理，在于气势。李贽的文章充满斗争意味，而公安派的文章多闲情逸致。李贽虽不以文章名世，但其小品文，实有晚明诸子远所不及之处。

澄怀涤虑屠长卿

　　屠隆（字长卿、号赤水）小品最有特色之处，是洋溢着一种浓厚的江南气息。他在江南长大，又长期在江南任职，对于江南山水清音充满感情。每当他处于恶劣艰苦或喧嚣嘈杂的环境中，他总是情不自禁地想起江南清远的山水和特殊的人文环境。如《答李惟寅》中谈到自己：

　　独畏骑款段出门，捉鞭怀刺，回飙薄人，吹沙满面，则又密想江南之青溪碧石，以自愉快。吾面有回飙吹沙，而吾胸中有青溪碧石，其如我何？

　　这里是以回忆江南之青溪碧石来自我排遣，作为精神的安慰。而在《送董伯念客部请告南还序》一文中，他更明确地说："不佞故海上披裘带索之夫也，偶邀时幸，窃禄下寮，生平有烟霞之癖，日夜不忘丘壑间。而苦贫无负郭一顷，饱其妻孥，不得已就五斗，中外风尘马蹄，未尝不结思东南之佳山水。"所以一旦摆脱了官场的羁绊，他就全身心地沉醉于"东南之佳山水"之中，尽情满足自己的"烟霞之癖"了。

屠隆的散文，有一种乡村"情结"，他对于都市与官场生活，总感到隔膜，觉得自己难以融合到这种文化氛围之中。在《与元美先生》一信中，他说："长安人事，如置弈然，风云变幻，自起自灭，是非人我山高矣。"京城，是政治文化的中心，是令多少士人一辈子梦魂萦绕的神往之地，而在屠隆的心目里，不过是喧杂肮脏之处。他的《在京与友人书》中，有一段传神之笔：

燕市带面衣，骑黄马，风起飞尘满衢陌。归来下马，两鼻孔黑如烟突。人、马屎和沙土，雨过淖泞没鞍膝，百姓竞策蹇驴，与官人肩相摩。大官传呼来，则疾窜避委巷不及，狂奔尽气，流汗至踵，此中况味如此。

遥想江村夕阳，渔舟投浦，返照入林，沙明如雪；花下晒网罟，酒家白板青帘，掩映垂柳，老翁挈鱼提瓮出柴门。此时偕三五良朋，散步沙上，绝胜长安骑马冲泥也。

陆云龙在《翠娱阁评选十六家小品》中说，此文描绘了两幅图："一幅待漏图""一幅江南意",即是仕宦生活与田园生活之对照,所言有理。此文短短数行,展现了两个迥异的生活环境:京城的都市生活是如此的喧嚣、紧张,环境如此拥挤、肮脏,人与人的关系如此不平等;而乡村生活则是那么恬淡、闲适,环境那么宁静、清幽,人际关系又是那么纯朴、友好、和谐。一个是眼前的世界,一个是遥远的江南乡村。作者轻轻用"遥想"二字,就巧妙地把这两者作了强烈的对比,使人不禁油然而生"归去来兮"之感。"归来下马,两鼻孔黑如烟突。"把全是黑乎乎鼻屎的鼻孔比喻为烟囱,真是妙不可言,传神写照,全在这两个鼻孔之中。当然屠隆文中对于京城的抱怨,并不是他的创造。古人对此早有描写,晋代的诗人陆机《为顾彦先赠妇》诗中就说:"京洛多风尘,素衣化为缁。"谢玄晖《酬王留安》诗:"谁能久京洛,缁衣染素衣。"但屠隆把"多风尘"的京城写得如此传神,如此妙绝,却是前所未有的笔墨。在这里,妙处并不在对于村居生活的回忆,这种描写在中国古代的文章中俯拾皆是;其妙处是写出京城生活环境的喧嚣、京城逼人的"官气"以及由此而来的人与人之间的不平等,使乡村的生活相比变得更令人向往。

正是如此厌倦官场与喧嚣生活,所以当他离开都市,回归到恬静的乡村,他即如鱼得水,似鸟归林,十分自在,他在《归田与友人》一文中以抒情的笔墨写道:

　　　　　　　　旨永神遥明小品

一出大明门，与长安隔世，夜卧绝不作华清马蹄梦。家有采芝堂，堂后有楼三间，杂植小竹，树卧房厨灶，都在竹间。枕上常听啼鸟声，宅西古桂二章，百数十年物。秋来花发，香满庭中。隙地凿小池，栽红白莲。傍池桃树数株，三月红锦映水，如阿房、迷楼，万美人尽临妆镜。

归园田居，可以听鸟鸣，闻花香，赏莲品竹，自然界的一切美景，都供我品赏，为我所用，就像秦始皇阿房宫、隋炀帝的迷楼贮有万千丽人侍候一样。比喻虽未能免俗，但屠隆的那种得意劲已是跃然纸上。

屠隆在作品中，多表达对于官场生活的无奈与厌烦之情，他在《与君典》一文中道：

条风骀荡，景物明丽，郊园春事当盛，花下玉缸，有良友固善，独酌亦自成趣，海内豪杰，咸得所处，即朗寂异操，出处殊致，尚都不失逍遥。独不佞沦于粪壤，即今青阳之月，蓬垢而对囚徒，夭桃刺眼，鸣鸠聒人，坐惜春光，掷于簿领。

当青春做伴，良辰美景，其他人都在逍遥之时，他却因为公务在身，而无法去欣赏阳春美景、大块文章，所以他把当官视为"沦于粪壤"。

后来袁宏道的屡辞官职，与屠隆的这种当官有妨玩乐的想法是完全相同的。

在晚明时代，"清言"不仅是文人雅士清远玄逸的口头语言，而且也是一种新兴的小品文体。而这种文体的风行，和屠隆有密切的关系。屠隆本人便写过著名的《娑罗馆清言》和《续娑罗馆清言》二书，在晚明开创了一种清言小品写作的风气。关于"清言小品"一体的来龙去脉和艺术形式的特点，本书第八章另有专节进行论述，此不详谈。但应该指出，屠隆的清言作品，是晚明清言文体体制形成的一个标志。

屠隆在《娑罗馆清言》中说："观上虞《论衡》，笑中郎未精玄赏；读临川《世说》，知晋人果善清言。"可见，屠隆非常欣赏《世说新语》中晋人的清言，而且屠隆写作清言也应该受到《世说新语》清言的某些影响。《世说新语》着重记载了晋代士大夫的思想、生活和清谈放诞的风气；而《娑罗馆清言》和《续娑罗馆清言》（下简称《清言》《续清言》）二书则全是以格言的形式，写出晚明文人的生活、情趣和心态，是晚明文人一部形象的"心史"。

屠隆的思想受佛、道二家的影响很大，晚年的屠隆可以说是佛道二家的信奉者和宣传者。他写过阐述宗教的戏剧，也创作了大量悟禅求仙的诗曲，而在散文方面，这种佛道的思想集中表现在《清言》《续清言》中。屠隆的清言小品首先强调的是对于人生本质虚幻的领悟。《清言》开篇便是对于人生如梦的感叹。"三九大老，紫绶貂冠，得意哉，黄粱公案；二八佳人，翠眉蝉鬓，销魂也，白骨生涯。"（以下未注出处者，皆出自《清言》）"疾忙今日，转盼已是明日；才到明朝，今日已成陈迹。算阎浮之寿，谁登百年？生呼吸之间，勿作久计。"（《续清言》）名利声色，总是南柯一梦，过眼烟云。人必须在日常生活中领悟人生幻灭的本质，"春去秋来，徐察阴阳之变；水穷云起，默观元化之流。"（《续清言》）"常想病时，则尘心渐灭；常防死日，则道念自生。风流得意之事，一过辄生悲凉；清真寂寞之乡，愈久转增意味。"（《续清言》）所以最理想是过着无忧无虑的隐逸生活。"道上红尘，江中白浪，饶他南面百城；花间明月，松下凉风，输我北窗一枕。""老去自觉万缘都尽，那管人是人非；春来尚有一事关心，只在花开花谢。"这些清言从各方面来阐释老庄、佛教那种人生如梦、人生如幻的思想。假如我们把屠隆的清言与晚明文人包括屠隆在内的实际生活相比较，是十分有意思的。屠隆说："明霞可爱，瞬眼而辄空，流水堪听，过耳而不恋。人能以明霞视美色，则业障自轻；人能以流水听弦歌，则性灵何害？"此言声色之不足留恋，而包括屠隆在内的许多晚明文人恰恰喜欢放纵声色的。

屠隆对于僧道有特别的感情，所以说："方外偶过僧道，倒双屐，急开竹户迎来；座中倘及市朝，掩两耳，辄敕松风听去。"在他看来，最理想的生活是："楼窥睥睨，窗中隐隐江帆，家在半村半郭；山依精庐，楹下时时清梵，人称非俗非僧。"理想的环境是"半村半郭"，清静，又不清冷；理想的身份是"非俗非僧"，闲适，又不空寂。这种生活方式，可进可退，非常灵活，占尽人间一切便宜。

从庄禅的世界观出发，便要求随遇而安的生活态度：

人若知道，则随境皆安；人不知道，则触途成滞。人不知道，则居闹市生嚣杂之心，将荡无定止；居深山起岑寂之想，或转忆炎嚣。人若知道，则履喧而灵台寂若，何有迁流；境寂而真性冲融，不生枯槁。

随境而安，真性冲融，如陶潜般的"心远地自偏"，但这一点其实正是晚明文人自身所难以达到的人生境界，若真正能做到"履喧而灵台寂若"，屠隆就不会对于都市的喧杂表现那么强烈的反感了。

在屠隆的清言中，最有诗意也最有艺术色彩的笔墨是那些对于文人高雅生活的描写和特别的设计：

口中不设雌黄，眉端不挂烦恼，可称烟火神仙；随宜而栽花竹，适性以养禽鱼，此是山林经济。

风晨月夕，客去后，蒲团可以双跏；烟岛云林，兴来时，竹杖何妨独往。

　　　　　　　　　　　旨永神遥明小品

净几明窗，好香苦茗，有时与高衲谈禅；豆棚菜圃，暖日和风，无事听闲人说鬼。

临池独照，喜看鱼子跳波；绕径闲行，忽见兰芽出土。亦小有致，时复欣然。

杨柳岸，芦苇汀，池过须有野鸟，方称山居；香积饭，水田衣，斋头才著比丘，便成幽趣。

楼前桐叶，散为一院清阴；枕上鸟声，唤起半窗红日。

茶熟香清，有客到门可喜；鸟啼花落，无人亦是悠然。

水色澄鲜，鱼排荇而径度；林光潋滟，鸟拂阁以低飞。曲径烟深，路接杏花酒舍；澄江日落，门通杨柳渔家。

三径竹间，日华澹澹，固野客之良辰；一编窗下，风雨潇潇，亦幽人之好景。

据床嗒尔，听豪士之谈锋；把盏醒然，看酒人之醉态。

屠隆在这些描写之中，寄托了自己的向往之情。这些充满诗意的描写，的确具有很强的艺术魅力，它们以简约对称的语言，描绘出文人种种理想的生活景象，犹如一幅幅清雅澹远的文人写意画。这些画面的背景，无不是大自然的美妙的情景，而其中主人公所表现的又无不是与物熙和、澄怀涤虑、修洁脱俗的格调。我以为屠隆以及后来一批晚明清言小品，比其他文体的小品，更为集中、更为简约地反映了当时文士艺术化的生活理想。

　　这是一个高雅的清言世界，是处于人欲横流、世风日下时代的作家对于理想人生的追求和描绘，这个清言世界在当时还是有一定现实性的。而随着社会的发展，世界越来越显得迫仄、污染和嘈杂，这个清言世界离我们是越来越远了。也许正因为如此，屠隆的清言小品所表现的生活环境，对于我们愈发显得遥远但同时又令人向往。

旨永神遥明小品

清丽雅致汤显祖

　　当然，汤显祖在文学上最杰出的成就是戏剧，他写过传奇《紫箫记》《紫钗记》《还魂记》(即《牡丹亭》)《南柯记》《邯郸记》五种。但其小品文章也颇有特点，在当时名气不小，所以陆云龙将之收入《十六家小品》一书中，汤显祖的小品应以尺牍的成就最高。

　　查继佐《汤显祖传》说："海若为文，大率工于纤丽，无关实务。然其遣思入神，往往破古。"这是对于其文学创作的总体评价。汤显祖的传奇创作千古流芳，"玉茗堂文"成就不如其戏曲，但也可称别具一格。《汤显祖集》中的散文分为"玉茗堂文"与"玉茗堂尺牍"两部分，在"玉茗堂文"中，主要的价值是其序文和题词，我们在上文已经引用了一些篇章。"玉茗堂尺牍"数量很多，也最能代表汤显祖小品的特点。沈际飞在《尺牍题词》中说：

　　汤临川才无不可，尺牍数卷尤压倒流辈。盖其随人酬答，独撼素心，而颂不忘规，辞文旨远。于国家利病处缗缗详言，使人读未卒篇，辄憬然于忠孝廉节。不则怊悦沉瀯，泊然于白衣苍狗之故，而形神欲换也。又若隽冷欲绝，方驾晋魏，然无其简率。

沈际飞的题词，高度地评价了汤显祖尺牍的内容和艺术成就，认为它有"压倒流辈"的地位。"玉茗堂尺牍"展现了汤显祖的胸襟和个性，是我们认识汤显祖的最直接的资料。他在《答余中宇先生》："某少有伉壮不阿之气，为秀才业所消，复为屡上春官所消。然终不能消此真气。"(《玉茗堂尺牍》之一)此数语确是汤显祖品格的真实写照，"真气"是汤显祖性格最为可贵之处，为了保持"真气"，而屡屡吃苦头。万历十九年，汤显祖在南京礼部祠祭司主事，在一封写给皇帝的《论辅臣科臣疏》中竟说"陛下经营天下二十年于兹矣。前十年之政，张居正刚而有欲，以群私人嚣然坏之；后十年之政，时行（申时行，曾为首相）柔而有欲，又以群私人靡然坏之。皇上大有可为之时可惜。"(《玉茗堂文》之十六)敢于把皇帝经营的二十年一笔抹杀，结果被贬谪到广东徐闻，降为典史。万历十三年，他的座师司汝霖写信劝他与执政搞好关系，可调回北京任吏部主事。他写了《与司吏部》一信婉拒，信中叙述五条不想去北京的原因，如家庭、费用、身体、气候、水土等，其实都是托词，真正的原因是他对于官场尤其像北京这种权势中心的厌恶，他说："长安道上，

　　　　　旨永神遥明小品

大有其人，无假于仆，此直可为知者道也。"他的愿望是"侬秣陵佳气，与通人秀生，相与征酒课诗，满俸而出，岂失坐啸画诺耶？"（《玉茗堂尺牍》之一）表现出对于利禄的鄙视和个性自由的追求。

汤显祖晚年时，曾有人写信劝他与家乡的官员搞好关系，生活方面的状况会好些，汤显祖写了一信，表达自己的心情：

第仆年来衰愦，岁时上谒，每不能如人，且近莅吾土者，多新贵人，气方盛，意未必有所挹。而欲以三十余年进士，六十余岁老人，时与末流后进，鱼贯雁序于郡县之前，却步而行，伺色而声。诚自觉其不类，因以自远。至若应付文字，原非仆所长。必糜肉调饴，作胡同中扁食，令市人尽鼓腹去，又窃自丑，因益以自远，其以远得嗔，仆固甘之矣。（《答王宇泰》）

总之，与官场中人的周旋，即非己之所长，也非己之所愿；既不合本性，也不合身份，所以纵然因为疏远官场而得罪人，"仆固甘之矣"，那是心甘情愿的事！陆云龙在他的《皇明十六家小品》中赞扬他这封信道："犹是英雄骨相。"汤显祖这种"英雄骨相"正是晚明许多名士、山人所缺少的。

汤显祖研禅学庄，但对于现实还是相当关切的，就是到了晚年虽远离官场，也关心时局。他曾在《答牛春宇中丞》信中说："天下忘吾属易，吾属忘天下难也。"（《玉茗堂尺牍》之五）汤显祖的尺牍对于当时社会亦有所批判，如《答马心易》："三惠良书，阙然不报。此时男子多化为妇人，侧立俯行，好语巧笑，乃得立于时；不然，则如海母目虾，随人浮沉，都无眉目，方称威德。想自古如斯，非今独抚膺矣。"（《玉茗堂尺牍》之五）自古以来，在专制社会里，那些"立于时"或"称威德"的人，往往是那些奴颜婢膝，唯唯诺诺的奴才；或者是那些毫无独立见解，随人浮沉的庸才。"男子多化妇人"，这是一种多么可悲的现象！汤显祖的揭露太深刻了。李贽曾在《别刘肖川》一文中讽刺当时许多人自以为是个男子汉，其实只不过是处处需人庇护的孩子（《焚书》卷之二），而汤显祖则把官场上人比喻为"妇人"，这里的"妇人"，当然不是指妇女，而是借指那种向权贵献媚，以作为进身之阶的官吏或士人。从生理学上说，男人女性化是一种生理或心理的变态；而在社会生活、政治生活中"男子多化为妇人"，则是一种相当可悲而且难以医治的病态社会现象，这种社会现象是封建集权政治所造成的不治之症。

汤显祖的尺牍一般都是篇幅很小的短简，三言两语，潇洒自如，而其中大有意趣。汤显祖在《与刘君东》一信中提到："屠长卿曾以数千言投弟，弟以八行报之，渠颇为怪。弟云，古人书'上云长相思，下云加餐饭'足矣。"（《玉茗堂尺牍》之五）"八行"，原泛指尺牍，但在此文中之意，"八行"应是指短简。他认为短简足以表达深挚的感情。汤显祖的《答陆学博》一信，全文只有四句："文字诔死佞生，须昏夜为之。方命（意为'违命'），奈何？"（《玉茗堂尺牍》卷之四）沈际飞评前二句说："数字银钩铁画。"（《汤显祖集》附录）历来碑志墓铭之类，不少是奉承死者，以达到讨好生者的目的，而富有"真气"的汤显祖对此是无法接受的。他说，这些文字，只能黑夜里写，即是昧着良心去作，而他则是万万难以从命的。文章虽然委婉，意思却是截铁斩钉。而此尺牍如此之短，其实也表示了无须多言的轻蔑态度。

汤显祖的尺牍，尤其是晚年的尺牍写得如行云流水，舒卷自如而颇有意趣。如他在六十岁家居时写的《与丁长孺》一札：

弟传奇多梦语，那堪与兄醒眼人着目。兄今知命，天下事知之而已，命之而已；弟今耳顺，天下事耳之而已，顺之而已，吾辈得白头为佳，无须过量。

长兴饶山水，盘阿寱言，绰有余思！视今闭门作阁部，不得去，不得死，何如也。（《玉茗堂尺牍》卷之三）

老笔颓放，诙谐而又无所顾忌，从心所欲而不逾矩，真是大家手笔。信中对于"梦语"和"醒眼"的对称，诙谐而不失风度；对于"知命"与"耳顺"的近乎文字游戏的解释，巧妙又有深意。丁长孺曾任中书舍人，后以言事忤首辅王锡爵而落职，而此时汤显祖也辞职家居。大概丁长孺仍想再涉仕途，故汤显祖信末以回归大自然的舒适生活与那种"不得去，不得死"的官场生活作对比，言外似有规劝丁长孺之意。顺便地说，两年后丁长孺又被起用广东按察使经历，移礼部主事，后来又被削籍。

我以为中国古代的尺牍，从语言风格上大致可分为本色派与文采派两种倾向。汤显祖的尺牍，清丽雅致，隽永飘逸，文采飞扬，可称为文采派尺牍。汤显祖的尺牍，在语言形式上非常讲究，尤其喜欢简洁高雅的表达方式，如下数则：

门下竟尔高蹈耶？莼鲈适口，采吴江于季鹰；花鸟关心，写辋川于摩诘。进退维谷，屈伸有时。倘门下重兴四岳之云，在不佞庶借三江之水。芳讯时通，惟益深隆养，以重苍生。(《玉茗堂尺牍》之五《寄董思白》)

目中如门下，零露蔓草，未足拟其清扬，秋水霜蒹，差以慰其游溯。鸣琴山水，太冲深招隐之情；迟暮佳人，惠休拟碧云之咏。倏焉别去，渺矣伊人。再觏无从，怅仁何及。(《玉茗堂尺牍》之六《寄左沧屿》)

从以上作品看来，汤显祖尺牍吸收了六朝骈文小品之精华，而达到颇高的艺术水平，他的高妙之处在于用骈文句式把复杂的人事和感情表达得如此生动流畅，这也是一种非同寻常的文字功夫。沈际飞评其尺牍"隽冷欲绝，方驾晋魏"并非虚语。汤显祖的尺牍以文雅为主，当然有时也写得相当通俗，如《与宜伶罗章二》：

章二等安否，近来生理何如？《牡丹亭记》，要依我原本，其吕家改的，切不可从。虽是增减一二字以便俗唱，却与我原做的意趣大不同了。往人家搬演，俱宜守分，莫因人家爱我的戏，便过求他酒食钱物。如今世事总难认真，而况戏乎？若认真，并酒食钱物也不可久。我平生只为认真，所以做官做家，都不起耳。(《玉茗堂尺牍》之六)

信是写给当时的普通戏曲艺人，故汤显祖用日常口语来写，把自己的主张表述得通俗晓畅，明白无误。不过这种风格在玉茗堂尺牍之中，所占的比例是极少的。

逸笔草草张大复

在我看来，最能代表张大复（元长）小品文成就的是《梅花草堂笔谈》一书。不过传统的看法并不是如此。比如《四库总目提要》对《梅花草堂笔谈》的评价是："所记皆同社酬答之语，间及乡里琐事，辞意纤佻。"（卷一二八）所谓"琐事""纤佻"等语，当然是从传统古文"文以载道"的标准来批评张大复的，所以对之持一种轻蔑的态度。在《四库全书》中，张大复的所有著作都只被列入"存目"，评价也很低。不过，这是晚明文人在清代普遍的遭遇。如果我们以小品文本身的文体艺术来衡量张大复的《梅花草堂笔谈》，结论将大大不同。

从研究小品文艺术形态的角度来看，张大复小品在晚明颇有代表性。我们所看到的小品，通常是从作家们的文集中的序、跋、记、论、说、解、书札等等文体所选出的，而像《梅花草堂笔谈》则与诸体全无关系，它们是地道而纯正的小品。假如你打开《梅花草堂笔谈》的目录翻翻，也许张大复给每篇小品所拟的题目会让你产生一个鲜明、强烈的印象，因为这些题目拟得太有特点了。下面便是在《梅花草堂笔谈》的一些题目：

雨势、食笋、谜、学安闲、独坐、今日、疑、诙语、结伴、夜、梦、不幸、试酒、疟、习、此坐、交情、自逆、夜坐、齿豁、月能移世界、吾不如、水势、猫、适、真、偏头风、吾力、病、悸、讨便宜人、燕、性、此女、息、午睡、易醉、怜才、诣张、将还、齿脱、海上、先、谑、此君、出、耻、霁、有、耳、作解、此方、听受、早计、在贫、想因、吾老、不可已、也可人、有体、今夕、二无、耳目、扯淡、诙入、机、杀、耳入、野、闲、不必、不妨、吾物、乘、数、神往、为是、见利、抚掌

从上引的题目来看，张大复小品文拟题的特点是相当鲜明的：首先是短。大多是一字、两字，这是外在的形态，一目可以了然，就不必多说；另外从这些题目中不难看出作者创作时强烈的主观随意性，不像以往文章那样讲究文与题目的密切关系。许多题目，其实只是信手拈来，用作文章的一种标志，而不是从涵盖全篇的主题提炼出来的。而且值得注意的是，《梅花草堂笔谈》中的一些题目，竟像古人的某种无题诗一样，径取文章的前两个字。如《雨洗》《病甚》《卖

花》《今岁》等，这些题目并不一定与文章的内容关系十分密切，只是随手在篇首摘录下来，给文章安一个名称罢了。如《有耳》一篇开头是："有耳不得无闻，尝试接之，凡吾耳之所有，都为心之所无，故尝忿盈不可吐，至竟日周行屋壁间，格格如在者。"又如《在贫》一篇，全文是："在贫之日长，老去之年促。吾每不堪其忧，未信不改其乐。"题目摘自篇首二字。而有些题目则摘自篇末，如《为是》一篇则摘自篇末"得祸之烈，岂为是欤"一语。这些题目，不但涵盖不了全文的意义，甚至它本身尚无独立的意义，貌是有题，实则无题。

这种拟题方式似乎有点复古的味道，如《论语》的篇目"学而""为政"，只是把开头两个字标作题目；《诗经》也多是采用诗歌开头两三个字来作为题目的，如《关雎》《卷耳》《凯风》《雄雉》等。后来唐诗中也有以这种方式来拟题的，杜甫的《不见》一诗题目取篇首"不见李生久"一句两字，《历历》一诗题目也取自篇首"历历开元事"，其实也近于无题。在李商隐诗题中，这种情况就更多了。如《锦瑟》《商于》《潭州》《人欲》《一片》等，都是摘取开篇二字以作诗题的。

但是在秦汉以后的散文中，这种拟题方式却是很少见的，张大复以这种方式来拟题，便显出与传统散文的拟题截然不同之处。这当然是张大复别出心裁的艺术追求，但他并非是毫无意义的标新立

旨永神遥明小品

异。因为他所表述的内容，实在与传统的散文有所不同，假如按一般散文的拟题形式，倒未必十分贴切。我以为，从张大复小品的拟题，正好反映出他的美学追求：这些信手拈来的题目，表现出一种创作的随意性，而这种随意性也许正表现出作者对于美感的瞬间体悟和传达，表现出作者的偶然兴会，涉笔成趣。而且，这种拟题也是因为作者觉得自己所要表达丰富多端的意绪，难以用某一题目加以明确地概括和标志。我们还要注意到明代八股文兴盛，而八股文最讲究审题、破题，围绕题目来做文章，题目成了文章的关键，故张大复的拟题方式，对于当时的写作思维，实在是一种突破。我们这样说，并非是为了"小题大做"，艺术的形式，是"有意味的形式"，哪怕是如题目这样的外在形式，也是与作者的审美旨趣息息相关的，每一艺术形式的细微之处，都可能包含了审美的信息。可惜一些研究者，总觉得它们琐小细碎，故不愿去"寻枝摘叶"，几乎忘了"于细微处见精神"的老话。

除了题目的特点之外，张大复小品的篇幅也颇能体现"小品"之"小"。它们往往只用寥寥数语的隽永之言，写下的随感录、随见录或偶忆笔录，绝无长篇大论之作。张大复小品在形式上有一种清言倾向，如《偶书》一篇只有二句："六时静默，由他燕燕莺莺；三月烟花，交付风风雨雨。"（卷十一）其实是四六句子。《偶句》："刚肠难忍英雄泪，死地谁堪儿女怜"是一对子。最短者是《雨窗》一篇，只有一句："焚香啜茗，自是吴中人习气，雨窗却不可少。"（卷十一）这些都是在日常生活中随手记录的一鳞半爪的感想，假如从传统文章学的眼光来看，它们甚至不能叫"文章"，因为它们不但连一般文章所应有的结构都没有，更谈不上什么起承转合的篇章之法了，但它们又是一件不可否定的艺术作品。这种小品文，与传统的古文短篇有质的差异，具有独特的艺术品格。它们在形式上有很强的任情适性的随意性，与之相适应的是其内容非常注重记录一些稍纵即逝的景色或感触，逸笔草草，而意味深长。读张大复的小品文的艺术感觉，如王子猷雪夜访戴，乘兴而来，兴尽而去；又如白云出岫，逸宕自如，令人神远：

卧听啼鸟，忽疏雨堕瓦，裂裂然。起坐苏斋，兰气芬馥，地下蒸湿欲流。午馀开霁，万里空碧，胸中洒然，若有得者。（卷一《苏斋纪兴》）

山溪桥有新泉，味极冷澈，日可濡百十户。闻之孺僧，云雨霁且访之。（卷四《山溪泉》）

九十日春光，半消风雨中，人皆惜之。不知风雨中，春光政自佳，但笑世人不能领取耳。（卷七《春光》）

寒灯夜雨，虽复意象萧瑟，故属佳境。今夕疏雨振瓦，颇与初蛰始电相当，础润侵衣，令人有脱故着新之想。（卷十《今夕》）

腊梅烂开，浮香直入楼际，小坐绮疏下，暗想海潮庵尺许黄玉，忽尔盈庭。（卷十四《腊梅》）

张大复的小品多是偶记所闻所见，但日常的生活、寻常的景色，一到张大复笔下，便有诗情，有画意，滋味无穷，充分地表现出张大复对于生活与自然的敏锐而独特艺术感受力。张大复小品的形式是不拘一格，他往往不顾传统文章学的那套方式，言所欲言，随笔掇录，如《独坐》一篇："月是何色？水是何味？无触之风何声？既烬之香何气？独坐息庵下，默然念之，觉胸中活活欲舞而不能言者，是何解？"（卷一）全篇五句，全是问语，这种形态在传统古文中，似未见过，却别有风致。张大复的小品杂记琐闻，然多迁想妙得，非浅薄琐碎之作，其中往往有某种意趣和思致，如《月能移世界》一文云：

邵茂齐有言："天上月色，能移世界。"果然，故夫山石泉涧，梵刹园亭，屋庐竹树，种种常见之物，月照之则深，蒙之则净。金碧之彩，披之则醇；惨悴之容，承之则奇。浅深浓淡之色，按之望之，则屡易而不可了。以至河山大地，邈若皇古；犬吠松涛，远于岩谷。草生木长，闲如坐卧；人在月下，亦尝忘我之为我也。今夜严叔向置酒破山僧舍，起步庭中，幽华可爱。旦视之，酱盎纷然，瓦石布

地而已。（卷三）

苍茫的月色，虚幻空蒙，若隐若现，使人们容易产生幻觉和丰富的想象。在它的笼罩下，自然万物与日常所见的本来面貌产生一种"距离"，月下观赏，也就产生了新的美感。那些山石泉涧、园林竹树，"种种常见之物"，在月色下显得更"深"更"净"更"醇"更"奇"；而河山大地，在朦胧月色下，竟让人产生一种置身于远古的感觉。而最奇特的是残破的僧舍庭院，在月色下，"幽华可爱"，而白天一看，原来却是满地酱盎瓦石，毫无可爱之处！"月能移世界"，所记录的实际上是一种非常重要的审美经验，也是相当有价值的审美观念，对于中国美学史研究者，这恐怕是一则应予以重视的材料。

晚明小品通常受到六朝人与宋人的双重影响，善于营建隽永的意境，出现一种诗化的倾向。张大复小品也如此，既有《世说新语》魏晋风流的余韵，也有宋人小品的风味。比如他喜欢用精炼的四言句，以诗一般的语言，写韵外之致：

一鸠呼雨，修篁静立。茗碗时供，野芳暗度。又有两鸟咿嘤林外，均节天成。童子倚炉触屏，忽鼾忽止。念既虚闲，室复幽旷。无事此坐，长如小年。（卷二《此坐》）

小饮周叔明第，雨霰纷集，默念畴昔，此时便著屐登山去也。

归拥牛衣，寒灯无焰，展转久之，乃遂酣卧。远鸡乱啼，纸窗如昼，启扉谛视，则雪深半尺矣。（卷二《雪夜》）

这些小品应目会心，神与物游，读起来似六朝骈体小品，相当雅致可爱而风神萧散，言意不尽。而如："辛丑正月十一日夜，冰月当轩，残雪在地，予与李绍伯徘徊庭中，追往谈昔，竟至二鼓。阒无人声，孤雁嘹呖，此身如游皇古，如悟前世。"（卷一《李绍伯夜话》）从这则小品我们不难品味出苏东坡《记承天寺夜游》一文的意境来。

在中国古代散文史研究中，张大复的散文小品是不应忽视但仍未受到重视的。他是晚明的散文小品名家，其小品创作走出"文以载道"的轨辙，逸出传统古文体制，自由地抒发个性，真实地表现日常生活和个人情感世界，在艺术形态方面突出反映了当时散文小品生活化、个性化和追求意境营造的风气，他的创作成就在晚明小品发展史上具有独特的地位。

云间闲鹤陈眉公

提起陈眉公（继儒），如今未必有多少人知道；但是在明末清初，他可是一位名倾朝野的大名士。

眉公是当时非常出名的"山人"。山人也就是隐士，这是中国古代知识分子中一个特殊的群体。明代中叶以后，忽然出现许多山人，这种山人与古代许多隐士相比，却有所不同，他们大致都有一定文艺才华，善于舞文弄墨，他们非工非农，非宦非商，没有什么固定职业，却往往享有生活清福。眉公可以说是山人的代表人物。眉公原来也是读书做官的好材料，为诸生时就才华出众，与董其昌齐名，但在二十九岁那年，眉公却绝意仕进，一把火把儒衣冠都焚烧掉，然后隐居于昆山，杜门著述，闲时则与一批文人、和尚、道士游山玩水，吟啸忘返。

眉公虽然隐居，但并不寂寞，仍有许多人向皇帝举荐，官府奉诏征用，眉公都以生病为由，屡辞不应。光禄寺卿何乔远上书皇帝说眉公"博综典章、谙通时务，当加以一秩"；吏部尚书闵洪学又向皇帝疏奏，说陈继儒是江南名士，识通今古，是有用的处士，不是那种徒以笔舌文章知名天下的虚士，朝廷虽无法让他做官，却可以让他出谋献策。于是皇帝下令，如果陈继儒有什么高见，一定要奏知。既然皇上都如此重视，于是权贵们无不造谒其门，咨询地方利弊。这样眉公声名益著，大有"山中宰相"的味道。

　　一个人的名气与地位，有时与其寿命的长短是有些关系的。眉公的长寿，也许也是他地位居高的一方面原因。眉公活了八十二岁，在半个多世纪的创作生涯中，眉公与晚明许多著名的作家艺术家都有交情，他与"后七子"、公安派、竟陵派诸公都有来往，在文人圈中享有盛名；同时，在普通民众眼里，眉公地位也颇为神圣，朱彝尊说，当时眉公在民间家喻户晓，"吴绫越布，皆被其名；灶妾饼师，争呼其名"。钱谦益在《历朝诗集小传》中也说当时人争着购买眉公的书籍"为枕中之秘"，眉公声名"倾动寰宇"，远至少数民族地区的首领，也希望得到其词章；城市里的酒楼茶馆，都悬挂着眉公的画像。甚至到穷乡小邑，那些卖杂货的小商小贩们也借眉公之名来发财。眉公在当时不但是一位艺术大家，而且似乎成为官宦、文人与市井民众皆喜爱的"吉祥物"。这种近乎狂热的崇拜正说明眉公文化人格与晚明社会风气的契合度。可以说，了解眉公其人，也就多少了解了晚明的社会风气与文人习气。

我总觉得眉公是中国封建社会后期知识分子相当复杂的综合体。晚明时庄禅之风流行，眉公也深受其影响，但其庄禅风味，并不是远离世间的枯寂，其世俗色彩是相当浓郁的。他是一位非常有特点的隐逸之士，眉公之隐逸与陶渊明不同，他虽称为山人，也隐居山林，但应酬世务，甚于常人。所以他的这种隐逸是一种清高而不清贫，清静而又不会孤寂的极为舒适写意的生活境界。当然，他也不像唐代的隐士们以隐居为终南捷径，他对于做官倒是真正没有兴趣。眉公的人格相当特别，他是名士但非常随和，无丝毫与世格格不入的狂态、傲态；他是山人隐士，但从达官贵人到庶民百姓，都是其交际对象。像眉公这种"山人"的生活方式，在当时是颇有代表性的。山人本应是远离世俗的，然晚明的很多"山人"却与士大夫关系密切，士大夫需要借他们的名，而他们也需要借士大夫的利，彼此互相利用。不少山人奔走权门，厚颜无耻，冯梦龙的《古今谭概》中有一个笑话说，某位山人游食四方，以卖诗文为名，而实是干谒权贵，他有一枚私印，上头刻着："芙蓉山顶一片白云。"有人嘲笑他说："此云每日飞到府堂上！"眉公虽不致如此庸俗，但也与权势往来不绝。他有隐士之名，却无清贫寂寞之苦；有贵人的荣华，却没有案牍的辛劳。这样的人，受到大众羡慕也就不奇怪了。

宋代以后，文人的文化素养更为全面。大凡诗文之外，琴棋书画，花草虫鱼，都应该懂得。这就是不但会正襟危坐，还要善于清赏；不仅会写，还要会"玩"。陈眉公的知识结构具备一位名士的条件，他多才多艺，工诗善文，兼能书画之学，懂得清赏清玩，而且博闻强识，大凡经、史、诸子，儒、道、释诸家，下至术伎、俾官，无不了然。经史子集，无所不谈；琴棋书画，又无所不晓，这就特别受到人们的欢迎了。

旧题眉公所著的《小窗幽记》中有一则清言，是这样写的：

沧海日，赤城霞，峨眉雪，巫峡云，洞庭月，潇湘雨，彭蠡烟，广陵涛，庐山瀑布，合宇宙奇观，绘吾斋壁；

少陵诗，摩诘画，左传文，马迁史，薛涛笺，右军帖，南华经，相如赋，屈子离骚，收古今绝艺，置我山窗。

尽管这段话是否出于眉公之手是可疑的，但它却是反映出以眉公为代表的晚明文人的审美与生活情趣。他们对于自然的"宇宙奇观"与人文中的"古今绝艺"同样具有强烈的兴趣。这段话虽然不长，但是我们对于这段对联式的清言，却不要忽视它。因为它有相当丰富的内涵，一方面，它反映出晚明人的生活理想与艺术理想，另一方面，也反映出他们的广博的艺术修养。

中国古代文化传统喜欢以文学作为载道的"经国之大业"，而在晚明，文学作品却成为经济之来源，这也是一种新的社会风气。眉公著作等身，出了几十种书，评点过《唐书演义》《列国志传》《东西两晋演义》等小说多部，他还是一个编辑家，编有《宝颜堂秘笈》丛书与《古文品外录》等，这些书在当时都有很好的销路，眉公从中肯定获利不少。眉公曾召集一帮因生活所迫的"穷儒老宿"，指导编纂畅销书籍。江浙一带才士很多，其中有不少淹蹇于科场的，眉公充分地利用这种丰富的人才资源来谋名谋利。眉公与这帮穷儒老宿这种两相情愿的合作是相当有意思的：对于饥寒交迫的穷儒老宿来说，这种出卖知识的工作是他们生活资本的来源；对于眉公来说，不费吹灰之力，而把穷儒老宿们的劳动归于名下，这真是名利双收的机会。

晚明文人有一种风气，喜欢抄撮前人诸书而自成己书。眉公挂名的许多著述，多杂采史传说部及前人言语，或掇取琐言僻事，诠次成书，潦草成编，就学术而言，并无多少价值。为何眉公这类杂辑古书而成的著作，在当时影响却是相当巨大呢？我以为这主要是因为眉公的辑录和编选，仍讲究艺术性，他的工作主要是从自己的审美趣味出发，把古人的著作或语言加以艺术小品化，也可以说具有某种创新意义。如《读书十六观》采吕献可、苏轼等十六人有关读书的名言或韵事，连缀成编，以为读书之法。其命名"十六观"，是模拟佛典籍之《十六观经》。其实《读书十六观》除了序和跋出自眉公之手，其余都是杂取有关读书的著名古语、古事之后，再加上一句"读书者当作此观"。不过此书广为流传,自有其道理。如他在序中说的"读未见书,如得良友;见已读书,如逢故人"。这两句话,的确是言简意赅,生动形象,道出读书人的心声,可为千古流传的名句。他所采集的关于读书的名人名言,也确实颇为隽永优美。如引倪文节公论读书:"松声、涧声、山禽声、夜虫声、鹤声、琴声、棋子落声、雨滴阶声、雪洒窗声、煎茶声,皆声之至清者也,而读书为最。"此等话,足令读书人为之神远,从艺术的角度看,还是有其价值的。

眉公在当时文坛上地位很高,但现在读其文集,令人有不免盛名之下,其实难副之叹,我以为最能代表眉公的面目倒是他的几部清言杂缀类的小品集。清言是晚明流行的一种小品文体,它往往以简远隽永的语言,表现出超尘绝俗的闲情逸致。晚明清言非常集中而简要地反映出晚明文人的心态,是我们认识晚明文人心态的形象资料。眉公的清言小品以《岩栖幽事》最为出色。这是陈眉公在隐居期间所作的一部小品集。《岩栖幽事》顾名思义便是写闲居幽雅的生活,书中多载人生感言和山居琐事,如读书品画、谈禅说诗、品山水、赏花草、接花艺术以及于焚香、点茶之类,颇为集中而典型地反映出晚明文人追求清幽之趣与隐逸之风的心态:

箕踞于斑竹林中,徙倚于青石几上,所有道笈、梵书,或校雠四五字，或参讽一两章，茶不甚精，壶亦不燥，香不甚良，灰亦不死。短琴无曲而有弦，长讴无腔而有音。激气发于林樾，好风送之水涯。若非羲皇以上，定亦嵇、阮兄弟之间。

三月茶笋初肥，梅花未困，九月莼鲈正美，秫酒新香。胜客晴窗，出古人法书名画，焚香评赏，无过此事。

这里，眉公似乎为我们描绘出一幅幅晚明隐士们富有诗情画意的生活图景：在物质享乐的同时，寻求精神的享受，创造了一种以消闲遣兴、修身养性为目的的艺术化的理想生活方式。眉公清言小品的重点是构造一个闲逸清高的艺术化的生活环境和精神乐园。眉公善于把生活细节艺术化，在日常生活中营造或寻找一种古雅的文化气息和氛围，从山水园林、风花雪月乃至膳食茶酒、草木虫鱼等事物上，都可以获得清玩清赏的生活文化精神。这确不是一般人所能发现的，也不是一般人所能够享受的。眉公曾在《檐曝偶谈》中意味深长地说："不是闲人闲不得，闲人不是等闲人。"因为对一般人来说，"好山好水，清风明月，何尝见此风景。纵或见之，何尝识此旨趣。劳劳扰扰，死而后已。"在这里，"闲人"是有特殊含义的，他不但必须在物质生活、精神生活方面都有"闲"的资本，同时也要有很高的艺术素质才行。要达到这种条件和境界是非常难的，所以说"闲人不是等闲人"。而眉公正是这种可以称为"闲人"的人，他曾自称为"清懒居士"，懒而能清，正是"闲人"的最佳境界。

眉公《模世说》一文，是一篇值得注意的道德箴言：

一生都是命安排，求甚么！命里有时终须有，钻甚么！前途止有这些路，急甚么！不礼爷娘礼世尊，谄甚么！兄弟姊妹皆同气，争甚么！荣华富贵眼前花，恋甚么！儿孙自有儿孙福，愁甚么！奴仆也是爷娘生，陵甚么！当权若不行方便，逞甚么！公门里面好修行，凶甚么！刀笔杀人终自杀，唆甚么！举头三尺有神明，欺甚么！文章自古无凭据，夸甚么！他家富贵生前定，妒甚么！一生作孽终受苦，怨甚么！补破遮寒暖即休，摆甚么！才过咽喉成何物，馋甚么！死后一文将不去，悭甚么！前人田地后人收，占甚么！聪明反被聪明误，巧甚么！虚言折尽平生福，谎甚么！赢了官事输了钱，讼甚么！是非到底自分明，辩甚么！人世难逢开口笑，恼甚么！暗里催君骨髓枯，淫甚么！十个下场九个输，赌甚么！得便宜处失便宜，贪甚么！治家勤俭胜求人，奢甚么！人争闲气一场空，恨甚么！恶人自有恶人磨，憎甚么！冤冤相报几时休，仇甚么！人生何处不相逢，狠甚么！世事真如一局棋，算甚么！谁人何得常无事，诮甚么！穴在人心不在山，谋甚么！欺人是祸饶人福，卜甚么！

《模世说》似乎是《红楼梦》中的《好了歌》，劈头第一句话"一生都是命安排"，已定下全文宿命论的基调，它提倡一种与世无争、委运随化的人生哲学。当然文中所宣扬的处世之道，也未尝全是消极，它对那些积极进取者可能是麻醉药，但对那些热衷权势、痴迷利欲者却不啻是一副清醒剂。《模世说》的形式相当别致，这三十六条，基本上涉及常见的各种世态与心态。它采用棒喝的方式，每则箴言前半正面立论，后半以反问方式给人当头一棒。三十六个"甚么"排比而来，一句一喝，很有气势。此文影响颇大，清人石成金的《甚么话》六十条也就是模仿此文而作的，可见眉公《模世说》的艺术形式已经成为一种有影响的文体。

现在研究晚明文化史的很少人提及眉公，这也许是一种欠缺。眉公应该是晚明时代极为重要的文人，他的生活与创作年代比公安派、竟陵派都要早，而且持续时间很长，其身份与地位又比较特别，他的生活方式与审美趣味对于当时士风与文风都有明显的影响。《四库全书总目》在论及晚明的社会风气时把眉公与李贽相提并论，揭示他们对于晚明社会风气的巨大影响，当然他们的影响是不同的：李贽主要是在思想界开创了一种狂放自得、独立思考的风气，使文学创作走向独抒性灵、不拘格套的"童心"之路；而眉公主要是在文化人格、生活旨趣方面对于文人社会的影响，他兼隐士、山人、墨客、诗人于一身，他的文化人格折射了晚明的时代色彩，是高雅与世俗、清高与浮躁、隐逸之风与商品气息的矛盾统一体，一定程

旨永神遥明小品

度上反映出晚明心态与晚明习气。

在眉公生活时代，他的名气极大，到了清初，随着晚明文风与士风受到批评与反思，眉公也逐渐受到人们的讥讽攻击。而且，眉公开始以反面人物形象出现在文学作品中，最有代表性的是清人蒋士铨的戏剧《临川梦》，其中有一出专门讽刺眉公的戏叫"隐奸"，戏中以净角扮演眉公，其上场诗是："妆点山林大架子，附庸风雅小名家。终南捷径无心走，处士虚声尽力夸。獭祭诗书充著作，蝇营钟鼎润烟霞。翩然一只云间鹤，飞来飞去宰相衙。"此诗嬉笑怒骂，揭露眉公的"伪清高"的本质，这八句诗确极为简妙，虽不无夸大其词，但对于眉公及当时大批同类的山人而言，其揭露可谓入木三分。

周详平和袁伯修

　　在晚明时代，出现了以三袁即袁宗道、袁宏道、袁中道为代表的公安派，在文坛上产生了极大的影响。在三袁之中，宗道（伯修）是长兄，而事业成功最早，在生活和人生观方面对两位弟弟的影响很大。宗道曾是这个家庭的主心骨，由于他，才形成了这个家庭读书的"小环境"，这对于两个弟弟成长起了很大的作用。

　　宗道在文学上的成就不如二弟，但却是公安派的创始人。他提出文章应该真实地反映"心之所存"，语言是随着时代的变化而变化的，他激烈地抨击了李梦阳为代表的摹古风气。当王、李词章盛行之时，宗道力排模拟之病，与时流迥异，他爱慕和推崇白居易和苏轼（所以他的著作名为《白苏斋类集》)，这些对于宏道、中道都有直接的影响。

　　宗道是两个弟弟的先导，但奇怪的是，在思想、个性、为人和文风等方面，宗道与两个弟弟差异不小。总之，他显得传统平和一些。

　　　　　　　　　　　　　　　旨永神遥明小品

宗道的思想偏重于儒家精神。他曾经参禅，但最终还是由佛返儒，在他的文集中，有大量阐述儒学"四书"的文章。他的性格与宏道不同，中道说他"无一念不真实，无一行不稳当，小心翼翼，周详缜密"。（《告伯修文》）总之，宗道是采取一种谨慎持重的处世态度，与宏道的放浪恣肆完全不同。他忠于职守，"鸡鸣而入，寒暑不辍"，最终"竟以惫极而卒"（见袁中道《石浦先生传》），这与宏道对于官职的游戏态度也全然不同。

宗道所长在于论说之文，其论说文自出手眼，见解新颖，启人心智。如历来赞扬陶渊明者，都着眼于陶的高风亮节。萧统《陶渊明集序》中说："贞志不休，安道苦节。不以躬耕为耻，不以无财为病。自非大贤笃志，与道污隆，孰能如此乎！"而读陶渊明的作品可以使"驰竞之情遣，鄙吝之意祛，贪夫可以廉，懦夫可以立。"宗道却不是看重其孤洁清高的品格，他在《读渊明传》中说："口于味，四肢于安逸，性也。"但两者往往"相妨"，山野之人，身虽安逸，但物质生活却成问题；而当官"啖肥甘"，却需"冒寒出入，冲暑拜起"，而"人固好逸，亦复恶饥"，像陶渊明的三次出仕，全是为了满足口腹之欲。"与世人奔走禄仕，以餍馋吻者等耳。"所以他一得公田，亟命种秫，以求一醉。陶渊明的弃官也不是为了清高，而是为了安逸。而且也是因为"尚可执杖耘丘，持钵乞食，不至有性命之忧"。他的结论是："渊明岂以藜藿为清，恶肉食而逃之哉？疏粗之骨，不堪拜起；慵惰之性，不惯簿书。虽欲不归而贫，贫而饿，不可得也。"渊明不是不爱富贵，而是他求安逸的性格不惯于官场紧张的生活，长期如此，便有生命之虞。他还有一个比喻："譬如好色之人，不幸禀受清羸，一纵辄死，欲无独眠，亦不可得，盖命之急于色也。"一个好色而体弱的人，过着禁欲的生活，不是忽然高洁起来，只是怕丢了命。由此看来，陶渊明的清高孤洁，在宗道的眼里，成为"好逸恶劳"。所以他认为萧统、魏了翁等人对渊明的评价"殊为过当"，是"不近人情之誉"。宗道说，"世亦有禀性孤洁如此者，然非君子所重，何足以拟渊明哉！"这句话是非常值得注意的。禀性孤洁，没有可称道的，更不能拿来比拟渊明。这种对渊明的重新阐释和评价，反映了晚明文人的人生观、价值观与传统的重大差别。在他们看来，人的本性就在于追求享乐，任情适性，而不是追求道德完善。所以他认为陶渊明的好处在于他能"审缓急，识重轻，见事透彻，去就瞥脱"，善于权衡得失利弊，按人的本性去处事，从而使自己生活得舒适愉快。他们认为个人的自由和舒畅比道德品质更有价值。宗道以官职喻美色，颇为新奇，连他天才的弟弟宏道也不禁借用此喻。宏道曾谈到他不愿当官的原因时说，"下吏有一切喻，夫美女赠人，人争悦之，然不可以赠病者。何也？谓其有损无益也。今官之可好，虽如美色，病者得之，适以戕生，左手自刎，右手得天下，愚者不为也。"（《朱司理》）对于生性疏懒无拘无束之人，授

　　　　　　　　　　旨永神遥明小品

之以官，无异于以美女赠病人，适足以戕其性命，此喻甚妙。

宗道的论说文以别出心裁而又周详缜密为其风格特征，《论谢安矫情》是一篇很有特色的论辩小品，全文如下：

谢安石新亭从容，及围棋睹墅等事，余少时每服其量，而疵其矫也。今乃知安石妙处，正在矫情。若出自然，有何难乎？譬如悬河之辨，一旦缄口；一石之量，忽然止酒，乃见定力。若口吃而不言，恶醉而不饮，其谁不能乎？且自古英雄，未有不矫而成功者也。怯者矫之，以至于勇；勇者矫之，以至于怯。拂之乃成，顺则罔功，此类甚众，难以悉数。即如荆轲、韩信诸人，非世人所谓杀人不眨眼英雄哉！然而句践怒叱，则隐嘿逃去；市人窘辱，则匍伏胯下。非所谓矫勇为怯者耶？若安石，则真能矫怯为勇矣。佛氏亦称无生法忍。忍之也者，矫之也。贫者必忧，矫以乐；富者必僭，矫以礼。圣人之道也。人易自高，矫之以下；人易为雄，矫之以雌。老氏之学也。若是，则谢安石之矫，吾犹恐其未至也，而又何疵焉？

此文历来研究宗道少论及之，其实它倒是颇为代表宗道文章的风格和成就的。此文说"安石妙处，正在矫情"，为"矫情"翻案，立论谈何容易，从理论上，恐怕人人都会反对矫情。而且公安派原是推崇发自本性的趣，"矫情"正是对于本性的忍耐和压抑。然而宗道却能在不利的情况下，说得头头是道，引经据典，有理有据，自圆其说，甚至可以把"矫情"提高到"圣人之道"的高度。这就是以八股的功夫去写小品文了。读此文章，就不难理解；宗道何以年纪轻轻就中了进士。可见宗道虽师从李贽，但其人生哲学与李贽不同，讲究节制，主张战战兢兢，和李贽的狂肆无所顾忌是不同的。

宗道的山水游记风格平实流畅，不像宏道那样奇情壮采，跳荡恣肆，如：

玉泉山距都门可三十里许，出香山寺数里，至山麓，鼊泉流汇于洞，湛湛澹人心胸。至华严寺，寺左有洞曰"翠华"，有石床可憩息，题咏甚多，苺渍不可读。又有石洞在山腰，若鼠穴，道甚险。一樵指曰："此洞有八百岁老僧。"从者弃行李，争往观，呵之不能止。及返，余问："果有老僧否？"曰："僧有之，然年止四五十。"乃知樵儿妄语耳。(《游西山·四》)

平平道来，朴素自然，而文气通畅，脉络分明，寓隽永的情思于平淡的客观描写之中，并不像宏道的山水游记那样激荡着强烈的主观色彩。但宗道的山水游记在平淡之中，又不乏风趣。如上文写樵夫讹传翠华洞中有八百岁的老僧，一班人争先恐后去观看，拦都拦不住，但结果观者回来说，"僧有之，然年止四五十。"语言虽平易却

饶有风趣。又如他的《上方山》(二):

自欢喜台拾级而升，凡九折，尽三百余级，始登毗卢顶。顶上为寺一百二十，丹碧错落，嵌入岩际。庵寺皆精绝，莳花种竹，如江南人家别墅。时牡丹正开，院院红馥，沾熏游裾。寺僧争设供，山肴野菜，新摘便煮，芳香脆美。独不解饮茶，点黄芩芽代，气韵亦佳。夜宿喜庵方丈，共榻者王则之、黄昭素也。昭素鼻息如雷，予一夜不得眠。

此一节记叙登上方山毗卢顶，文笔简洁，点染从容，而景色之清美，寺僧之热情从字里行间流溢出来。文末写与昭素同眠，被他的鼾声吵得一夜不得入眠，寥寥数笔却真实而有趣地写出旅行中的真实况味。

宗道的尺牍也有自己的风格，平和细致，其言蔼如。如中道因科举之路不顺，便放荡酗酒，宗道写信给他，信中说：

邑中人云：弟日来常携酒人数十辈，大醉江上，所到市肆鼎沸。以弟之才，久不得意，其磊块不平之气，固宜有此。然吾弟终必达，尚当静养以待时，不可便谓一发不中，遂息机也。信陵知终不可用，故以酒色送其余年；陈思王绝自试之路，始作平乐之游耳。弟事业无涯，其路未塞。为朱紫阳亦大破碎，即陈同甫亦太粗豪。陈同甫度桥，马次且即下马拔剑斩其首，辛稼轩见而奇之。奇则奇矣，马有何知，而遂残其命。此视王蓝田之踩鸡子，更甚矣。少年遭祸，晚得一第，数月遂至不享，此亦可以戒矣。然吾弟恺悌仁厚，宁复有此。闻邑中少年多恶习，不可不诱引之也。（《寄三弟》）

这种家信，虽意存责备，但语气平和，既表示对弟弟的理解，又循循善诱，加以鞭策和鼓励，又引历史典故为证，指出放荡与狂怪之不可为。这种尺牍写得平实委婉，颇有长者与仁者之风。

任情适世袁中郎

公安派是晚明很有代表性的文学流派，袁宏道（中郎）则是公安派的核心人物。

袁宏道的思想观念、生活态度很复杂。他曾自称"嗜杨之髓，而窃佛之肤；腐庄之唇，而凿儒之目"。也曾自我调侃"是官不垂绅，是农不秉耒。是儒不吾伊，是隐不蒿莱。是贵着荷芰，是贱宛冠佩。是静非杜门，是讲非教诲。是释长鬊须，是仙拥眉黛"。但他得益庄禅最多，庄禅给袁宏道在个性解放和精神自由方面以极大的启示，他鄙视礼法，放浪不羁。

袁宏道在给徐汉明的一封信中说，世间有四种人，"有玩世，有出世，有谐世，有适世"。他最欣赏和追求的便是"适世"的生活方式。所谓"适世"既不是玩世不恭，也不是远离尘寰；既非儒，也非释；既不想兼济天下，也不谈独善其身；既无济世精神，也非隐逸之风；不谈什么格物、致知、诚意、正心，也不管什么齐家、治国、

平天下，更不用说什么安贫乐道、自强不息了。总之"适世"就是
与世无忤，顺乎自然，让身心得到最舒适的发展。其实所谓"适世"，
也就是"享世"，所以他在给龚惟长的信中描写了他心目中人生的真
正幸福：

真乐有五，不可不知。目极世间之色，耳极世间之声，身极世
间之鲜，口极世间之谭，一快活也；堂前列鼎，堂后度曲，宾客满席，
男女交舄，烛气薰天，珠翠委地，金钱不足，继以田土，二快活也；
箧中藏书万卷，书皆珍异，宅畔置一馆，馆中约真正同心友十余人，
人中立一识见极高，如司马迁、罗贯中、关汉卿者为主，分曹部署，
各成一书，远文唐、宋酸儒之陋，近完一代未竟之篇，三快活也；
千金买一舟，舟中置鼓吹一部，妓妾数人，游闲数人泛家浮宅，不
知老之将至，四快活也；然人生受用至此，不及十年，家资田地荡
尽矣。然后一身狼狈，朝不谋夕，托钵歌妓之院，分餐孤老之盘，
往来乡亲，恬不知耻，五快活也。

士有此一者，生可无愧，死可不朽矣。

在此之前的传统文学之中，我们很少见到有人如此直率，如此肆无
忌惮、明目张胆地鼓吹这种"恬不知耻"的生活理想。然而在晚明，
这种放纵声色的生活，绝不是"耻"，而是一种雅兴和荣耀。穷奢极
欲、声色犬马、纸醉金迷、恬不知耻等，这些传统语言中贬义词到

了袁宏道笔下，却成了不可多得的褒义词。词义褒贬的转换意味着价值观的历史转换。袁宏道此牍，尽管加以艺术化与夸张，但却相当准确地表达出许多晚明文人的心声：人生就是充分地、最大限度地享受生活乐趣，尽可能地满足人的心灵与感官的所有欲望。在这里，袁宏道为晚明文人描绘了一幅生活理想的蓝图，它不但是对名教礼法的反叛，不但是对中国传统文人那种重道义、重操持、自强不息的人格理想的一种背离，同时也是对陶潜式清高淡泊的隐逸之风的嘲弄。中郎式的"穷欢极乐"的生活方式与晚明人欲横流的社会潮流是一致的。

公安派在当时的名声，首先是诗，其实他们在散文上的成就要更大些。正如周作人在《重刊〈袁中郎集〉序》中所说："在散文方面中郎的成绩要好得多，我想他的游记最有新意。"中郎的山水游记每每以游踪与心迹合二为一，情、景、意、趣俱佳，更是独步一时。中郎性好山水，他曾幽默地说，"湖水可以当药，青山可以健脾。逍遥林莽，欹枕岩壑，便不知省却多少参苓丸子矣。"(《汤郧陆》)他也曾正经地说，"借山水之奇观，发耳目之昏聩；假河海之渺论，驱肠胃之尘土。"(《陶石篑》)自然山水不但有益于身体健康，也有益于精神高洁。他对于现实失去热情，失去希望，转而在大自然中，找到了精神慰藉和寄托，每到一处，必游山玩水，其游踪几遍半个中国。

袁宏道与山水之间的关系，似乎不是人对自然的品赏，而是一种与自然感情平等交流的过程。袁宏道曾说，真正嗜山水的人，"胸中之浩浩与其至气之突兀，足与山水敌，故相遇则深相得，纵终身不遇，而精神未尝不往来也。"（《题陈山人山水卷》）游历的过程是作家胸中之浩气与山水精神相往来的过程，是物我合一、情景相契的过程。袁宏道对于山水有一种独特而新鲜的感受，他能把握住山水的灵气和个性，把山水性格化了，与他那种闲适拔俗的情怀和放浪不羁的胸襟十分合拍。任访秋先生在《袁中郎研究》一书中幽默地说中郎对于山水"似乎是他在同大自然恋爱"。说他总喜欢用形容女性的语言来描绘秀丽的山水景象。特别是从山水的色、态、情三方面来着眼。以女色来比喻山容，可以说是晚明文人的同好，如黄汝亨就说过："我辈看名山，如看美人，颦笑不同情，修约不同体，坐卧徙倚不同境，其状千变。"（《寓林集》卷三十《姚元素黄山记引》）但袁宏道对此比喻特感兴趣，也写得特别生动。如《西湖记·一》："山色如娥，花光如颊，温风如酒，波纹如绫，才一举头，已不觉目醉神醉。"《与吴敦之》："东南山川，秀媚不可言，如少女时花，婉弱可爱。"此外如《上方》说："虎丘如冶女艳妆，掩映帘箔。"而在《灵岩》中，更是把山水说成铁石心肝也为之销魂，甚至足以令人破戒的女色，这些比喻都寄托了作者强烈的感情色彩。

袁宏道的山水游记诗人的自我形象相当突出，如《雨后游六桥记》：

　　　　　　　　　　　　旨永神遥明小品

寒食后雨，予曰："此雨为西湖洗红，当急与桃花作别，勿滞也。"午霁，偕诸友至第三桥，落花积地寸余，游人少，翻以为快。忽骑者白纨而过，光晃衣，鲜丽倍常，诸友白其内者皆去表。少倦，卧地上饮，以面受花，多者浮，少者歌，以为乐。偶艇子出花间，呼之，乃寺僧载茶来者。各啜一杯，荡舟浩歌而返。

暮春时节，风雨送春，落花无数，文人多感触伤怀。宋人如晦的词："风急桃花也似愁，点点飞红雨。"（《卜算子·送春》）金代的段克己《渔家傲·送春》也说："一片花飞春已暮，那堪万点飘红雨。"袁宏道此文，也是"送春"的主题，但情调则全然与上述送春作品不同。一看到下雨，即急着与一帮朋友来到湖边与桃花送别，可见他与桃花之情可谓深矣。但袁宏道性豪放潇洒，其与春天之别，自然不是凄别不是惜别，而是快别、趣别：一种只有像袁宏道这种名士、达士才想得出来的别出心裁的充满着欢乐气氛的送春方式，"落花积地寸余"，一片深红。对此情景，朋友们干脆脱去外衣，露出白内衣。满地皆红而缀上白色数点，红白相间，岂不更为鲜艳？一会儿，大家玩累了，就仰卧在地上饮酒，此时，桃花乱落，纷如红雨，洒在这帮雅狂之士的脸上。于是想到另一个作乐的方式，脸上落花多者须浮一大白，少者则要吟唱歌曲。当兴阑时，寺院里的和尚派人开着小艇送茶来了，于是大家划着小船归去，一路上高声唱歌，旁若无人。文中所表现的是一种任情适性，与自然和谐的乐趣。

在袁宏道的游记中，既表现文人的雅趣同时也反映了当时世俗的生活情调，尤其是他那些写江南景观的作品：

荷花荡在荠门外，每年六月廿四日，游人最盛，画舫云集，渔刀小艇，雇觅一空。远方游客，至有持数万钱，无所得舟，蚁旋岸上者。舟中丽人，皆时妆淡服，摩肩簇舄，汗透重纱如雨。其男女之杂，灿烂之景，不可名状。大约露帏则千花竞笑，举袂则乱云出峡，挥扇则星流月映，闻歌则雷辊涛趋。苏人游冶之盛，至是日极矣。（《荷花荡》）

在这里，城市与山林，高雅与妖冶，清幽与喧杂，香风与臭汗，文人雅士的风度与世俗生活情趣交织在一道，如同一幅《清明上河图》，这是当时江南名胜特有的情调。袁宏道对此是抱着一种观赏的态度，而不是以雅人的身份和心态去排斥世俗的生活气息，这也是反映出在晚明这个雅文化与俗文化相兼相容的特定时期文人的心态。

袁宏道的游记小品自然清新而技巧高明，只是不落迹象，如《初至天目双清庄记》：

数日阴雨，苦甚。至双清庄，天稍霁。庄在山脚，诸僧留宿庄中，僧房甚精。溪流激石作声，彻夜到枕上。石篑梦中误以为雨，愁极，遂不能寐。次早，山僧供茗麋，邀石篑起。石篑叹曰："暴雨如此，将安归乎？有卧游耳！"僧曰："天已晴，风日甚美。响者乃溪声，非雨声也。"石篑大笑，急披衣起，啜茗数碗，即同行。(《袁宏道集笺校》卷十)

全文百来字，而情趣盎然，波澜起伏。文中写天目山的溪流泉石，作者却不正面描写，偏从陶望龄梦中误以溪流激石声为暴雨来写，这是一种以虚写实，先声夺人之法，陶望龄这一"误"，"误"出情趣来。然而这种"误"却不造作，因为有"数日阴雨"的背景作为铺垫。

明人尺牍，在李贽之后，袁宏道堪称大家。其尺牍得苏东坡、黄庭坚尺牍的飘逸隽永之美，而又益以流利畅快。袁宏道说自己写文章"宁今宁俗，不肯拾人一字"(《冯琢庵师》)。这确是自知之论。尤其尺牍，为了表达一种真切和自然，往往选取俗语俗言与清言雅语杂糅成章，相映而更有一种特殊的趣味："败却铁网，打破铜枷，走出刀山剑树，跳入清凉佛土，快活不可言，不可言！投冠数日，愈觉无官之妙。弟已安排头戴青笠，手捉牛尾，永作逍遥缠外人矣。"(《聂化南》)

他的一些语言与口语或白话小说已相去不远了。如他说自己"不惟悔当初无端出宰，且悔当日好好坐在家中，波波吒吒，觅甚么鸟举人进士也"。(《黄绮石》)，这种语言像是黑旋风李逵的口吻。然而白话要写得吸引人也不容易："粪里嚼渣，顺口接屁，倚势欺良，如今苏州投靠家人一般。记得几个烂熟故事，便曰博识；用得几个现成字眼，亦曰骚人。计骗杜工部，囤扎李空同，一个八寸三分帽子，人人戴得，以是言诗，安在而不诗哉？"(《张幼于》)在袁宏道手里，这种俗语俗字，却也安排得非常艺术。他甚至以白话来写骈句，其语言于是便有了一种雅俗相兼、谐谑风趣的味道。

　　袁宏道的文字如风行水上，自然成文，如瀑布直下，不可阻挡。他喜欢用博喻，用排比句，以造成一种气势："弟已令吴中矣。吴中得若令也，五湖有长，洞庭有君，酒有主人，茶有知己，生公说法石有长老，但恐五百里粮长，来唐突人耳。"(《寄同社》)"吴令甚苦我：苦瘦，苦忙，苦膝欲穿，腰欲断，项欲落。"(《杨安福》)"作吴令，无复人理，几不知有昏朝寒暑矣。何也？钱谷多如牛毛，人情茫如风影，过客积如蚊虫，官长尊如阎老。"(《沈博士》)这种语言气势，似乎得之于李贽。袁宏道曾经说，"文章新奇，无定格式，只要发人所不能发，句法字法调法，一一从自己胸中流出，此真新奇也。"(《答李元善》)袁宏道的语言，往往就是这种"发人所不能发"的新奇。他喜欢用新鲜泼辣的比喻，如写自己患疟疾"倏而雪窖冰霄，倏而烁石流金，南方之焰山，北方之冰国，一朝殆遍矣。夫司命可以罚此下土者良多，何必疟也，毒哉"（《吴曲罗》）。以数比喻写疟疾发作时那种忽冷忽热的状况，奇甚。又如任吴县令时则说，"夫吴中诗画如林，山人如蚁，冠盖如云，而无一人解语。一袁中郎，能堪几许煎烁，油入面中，当无出理，虽欲不堕落，不可得矣"（《王以明》）。这种比喻出人意料的通俗和新奇，给人相当深刻的印象。

坦率奇诡袁小修

　　在三袁之中，中道（小修）最小。中道少时即能辞赋，但科场甚不顺利，屡试不第，万历三十一年，才乡试及第，到了万历四十四年，才得进士，而年已四十七岁了。

　　对中道影响最大而且最受其崇敬的是李贽和宗道。中道曾说："本朝数百年来，出两异人，识力胆力，迥超世外，龙湖、中郎非欤？"（《答须水部日华》）李贽是他的精神导师也是他的前辈，而中道与宏道的感情既是兄弟，又是同道、同学和朋友。他们兄弟三人，中道与宗道相差十岁，与宏道只差两岁，而且长期生活在一起，受宏道的影响更为直接。中道的思想情趣、个性和处世态度与宗道差异较大，而相近于宏道。他们的思想都倾向于庄禅，而性格都豪放不羁，有强烈的自我意识和无拘无束的名士脾气，都喜欢享受人生，笑傲于山水园林花木诗酒之间。宏道在《叙小修诗》一文中说袁中道"既长，胆量愈廓，识见愈朗，的然以豪杰自命，而欲与一世之豪杰为友。其视妻子之相聚，如鹿豕之与群而不相属也；其视乡里小儿，如牛马之尾行而不可与一日居也。泛舟西陵，走马塞上，穷览燕、赵、齐、鲁、吴、越之地，足迹所至，几半天下"。但中道在科场上屡遭败绩，远不如宏道的顺利，故其性格，又多了几分感慨与放荡。宏道就在《叙小修诗》一文中说中道不得意而多感慨，不耐寂寞，贫而喜豪华，病而涸嬉戏，这些都是中道性格的特点。

中道文字最大的特点是坦率，坦率到一般人难以承受的程度。晚明人多有自我暴露的癖好，或以自我暴露为自我炫耀。中道的自我暴露当然也受到这种风气的影响，但还多少有些比较真诚的成分。如在《游高梁桥记》中检讨自己"嗜进而无耻，颠倒而无计算"。检讨自己对于仕途的追求过分执着而成无耻。而《心律》更是一篇非常值得注意的文章，文中以佛家的十善十恶之说，进行反思。这十恶是：一杀生，二偷盗，三邪淫，四妄语，五两舌，六恶口，七绮语，八贪欲，九嗔怒，十邪见。中道以虔诚的态度逐一用来对照自己的生活。恐怕在中国古代很少有写得如此坦白的文章了。如他写到自己犯了"邪淫"之过。（佛家称男子与妻妾的性关系为"正淫"，与妻妾之外的性关系为"邪淫"。）他写道：

吾生平固无援琴之挑，桑中之耻，然游冶之场，倡家桃李之蹊，或未得免缘。少年不得志于时，壮怀不堪牢落，故借以消遣，援乐天樊素、子瞻榴花之例以自解。又以远游常离家室，情欲未断，间一为之。迄今渐断，自后当全已矣。终年数夕，有乐不久；染指而食，不如不食。倾赀为之，偷淫两犯，为损大矣。

若夫分桃断袖，极难排豁。自恨与沈约同癖，皆由远游，偶染此习。吴越、江南，以为配偶，恬不知耻。以今思之，真非复人理，尤当刻肉镂肌也……

吾因少年纵酒色，致有血疾。每一发动，咽喉壅塞，脾胃胀满，胃中如有积石，夜不得眠，见痰中血，五内惊悸，自叹必死。追悔前事，恨不抽肠涤浣。及至疾愈，渐渐遗忘，纵情肆意，辄复如故。然每至春来，防病有如防贼。设或不谨，前病复生。初起吐血，渐至潮热咳嗽，则百药不救，奄奄待尽。神识一去，淫火所烧，坠大地狱，可不怖哉！

承认自己的劣迹，有改过之心而无坚持的意志。《心律》也可以说是一部《忏悔录》。在晚明，许多文人以冶游为雅事，津津乐道，以为可夸耀之事。然中道这里，确是虔诚地自我检查。此外他在《答钱受之》信中也说："自念生平无一事不被酒误，学道无成，读书不多，名行不立，皆此物为之祟也。甚者乘兴大饮后，兼之纵欲，因而发病，几不保躯命。"公安三袁的寿命都不长。宗道四十一岁，宏道四十三岁，中道最长，也不过只有五十四岁。人命之修短，有先天与后天之原因，三袁之短寿，看来与放纵酒色有关系，至少从中道的《心律》可以推论出来。又如《心律》自我剖析对于功名利禄的追求：

追思我自婴世网以来，止除睡着不作梦时，或忘却功名了也。求胜求伸，以必得为主。作文字时，深思苦索，常至呕血。每至科场将近，扃户下帷，挤弃身命。及入场一次，劳辱万状，如剧驿马，了无停时。岁岁相逐，乐虚苦实。屈指算之，自戊子以至庚戌，凡九科矣。自十九入场，今年亦四十一岁矣。以作文过苦，兼之借酒色以自排遣，已得痼疾。逢时便发。头发已半白，鬓已渐白，须亦有几茎白者。老丑渐出，衰相已见，其所得果何如也！

设使以此精神求道，则道眼已明；以此精神学仙，则内丹已就；以此精神著书，则垂世不朽之业已成。而所苦丘山，所得尚未毫厘，今犹然未知税驾。

明人功名心炽热，却普遍喜欢自命清高，中道倒是相当老实坦率地承认自己功名心之强烈。他说自己对于功名，日思夜想，梦中也想，所以除了睡着不做梦时，才有片刻忘却"功名"二字。中道的两个哥哥，都是科举场上的幸运儿，宗道二十七岁举会试第一，宏道二十五岁登进士第，而中道经过二十多年的场屋之苦，到了四十六岁时才中了进士。而写《心律》时，中道因在科场中多次失利，几乎心灰意冷，失去信心。这里描写自己在科举考试中的种种苦状，是十分真实的。当然，尽管如此，中道还是坚持考下去，直到几年后中了进士。因此可以看到，像中道这样，深知科举之苦，深知功名之虚妄，但终于还是没法摆脱科举之羁缚，从中道身上也可以看到晚明文人对于科举的态度。

袁中道对于李贽的思想与人品是很敬佩的，但有人问他学不学李贽时，他说自己"虽好之，不学之也"，这是因为李贽这个人在五方面是自己学不了的，有三方面则是自己不愿意学习的：

公为士居官，清节凛凛；而吾辈随来辄受，操同中人，一不能学也。公不入季女之室，不登冶童之床；而吾辈不断情欲，未绝嬖宠，二不能学也。公深入至道，见其大者；而吾辈株守文字，不得玄旨，三不能学也。公自少至老，惟知读书；而吾辈汩没尘缘，不亲韦编，四不能学也。公直气劲节，不为人屈；而吾辈怯弱，随人俯仰，五不能学也。

若好刚使气，快意恩仇，意所不可，动笔之书，不愿学者一矣。既已离仕而隐，即宜遁迹名山，而乃徘徊人世，祸逐名起，不愿学者二矣。急乘缓戒，细行不修，任情适口，脔刀狼藉，不愿学者三矣。（《李温陵传》）

这里又一次表现了中道直率坦白的个性。这段话特别有意思，中道

旨永神遥明小品

比较了李贽与他们在个性、道德、品格、气节、生活作风、学识等方面的重大差异，正是因为这种重大差异，造成"不能学"与"不愿学"，当然，中道对于这种差异略有夸张，但基本是事实。而这种差异，其实正是李贽与晚明大多数文人的重大区别。

三袁之中，中道作品的数量最多。他的主要成就是山水游记。宗道、宏道都写过系列的山水游记，但中道的系列游记规模更大，他写了《西山》十记，《东游记》三十一篇，《西山游后记》十一篇。这些作品大致以游踪为次，描写胜景。以小品缀成长篇，尺幅组成长卷，而表现手法则变化多端，或工笔，或写意，或实写，或虚写。这种方式的特点是每篇相当短小、轻灵、自由，而整体又相当恢宏，可以自由灵活地反映自然景色。如《西山十记》每记大多是二三百字，相当简约，各自独立成篇，而各篇之中，又有联系，彼此之间构成一个整体。

中道游记大都写得天然灵动，善于把握自然山水的特点，传神写照。他相当注意表达方式的创新，其描写不落入窠臼。比如宏道喜欢把山水比喻为美人，而中道则喻之为一美丈夫。其《游太和记》中与人评论太和山说：

大约太和山，一美丈夫也。从谒真至平台为趾，竹荫泉界，其径路最妍。从平台至紫霄为腹，遏云入汉，其杉桧最古。从紫霄至天门为臆，砂翠斑烂，以观山骨，为最亲。从天门至天柱为颅，云奔雾驶，以穷山势，为最远，此其躯干也。左降而得南崖，皴烟驳霞，以巧幻胜。又降而得五龙，分天隔日，以幽邃胜。又降而得玉虚宫，近村远林，以宽旷胜。皆隶于山之左臂。右降而得三琼台，依山傍涧，以淹润胜。又降而过蜡烛涧，转石奔雷，以滂湃胜。又降而得玉虚岩，凌虚嵌空，以苍古胜。皆隶于山之右臂。合之，山之全体具焉。其余皆一发一甲，杂佩奢带类也。

这里以山为一幅人物画的"粉本"，以山之诸美喻为人的趾、腹、臆、颅、躯、臂等部位，游踪写得分明，文笔亦有情趣。而这种"美丈夫"的比喻又是抓住了太和山气魄雄伟而秀美飘逸的特点。中道对于景物的刻画十分细腻，而且也时时流露出一种幽默。如《西山十记·四》描写碧云寺中的金鱼："朱鱼万尾，匝池红酣，烁人目睛。日射清流，写影潭底，清慧可怜。或投饼于左，群赴于左；右亦如之，咂呷有声。然其跳达刺泼，游戏水上者，皆数寸鱼；其长尺许者，潜泳潭下，见食不赴，安闲宁寂，毋乃静躁关其老少耶？"这里对于金鱼的描摹可谓绘声绘色，惟妙惟肖，而小鱼跳动水面，大鱼潜泳潭下，作者则联想到老人与青年人静躁的性格区别。着一戏笔，而妙趣横生。

中道的山水游记文笔相当细腻，有时喜欢在写景中表现某种哲理、理趣。他描写景色的笔墨也变化多端，时而是画龙点睛的简笔，时而是用墨如泼的浓笔，时而叙述，时而描写，笔墨灵动。他还喜欢把议论和叙述结合起来，作为写景的一种手段。如在《游太和记》中，当他看至两山夹处，怪石林立于水中，水石相遇，呈现各种奇景时，他写道：

　　大约以石尼水而不得往，则汇而成潭；以水间石而不得朋，则峙而为屿。石偶诎而水赢，则纡徐而容与，水偶诎而石赢，则颓叠而吼怒。水之行地也迅，则石之静者反动而转之，为龙为虎，为象为兕。石之去地也远，则水之沉者反升而跃之，为花为蕊，为珠为雪。以水洗石，水能予石以色，而能为云为霞，为砂为翠。以石捍水，石能予水以声，而能为琴为瑟，为歌为呗。石之跰避水，而其岩上覆，则水常含雪霰之气，而不胜冷然；石之颅避水，而其颠内却，则水常亲曦月之光，而不胜烂然。

一般的游记往往寄议论于描写之中，而这段文字，却是寓叙述于议论之中，既写出水石相遇的各种情状，而作者又是作为山水品评人的身份隐然出现作品之中，作者似乎是一位导游，热情地在向游客评述着山水佳景。这种写法也是别具一格的。

　　中诮的日记《游居柿录》记载了十年间的生活，内容相当丰富，但从艺术的角度看，此书中记述游览山水部分，文笔清隽，善于营造艺术意境，是山水小品中的杰构。万历三十五年中道参加科举考试落第，次年冬季拟远游吴越的名山胜水。下面几段便是写他当时的游历生活：

　　夜，雪大作，时欲登舟至沙市，竟为雨雪阻。然万竹中雪子敲戛，铮铮有声。暗窗红火，任意看数卷书，亦复有少趣。自叹每有欲往，辄复不遂，然流行坎止，任之而已。鲁直所谓"无处不可寄一梦"也。

　　天霁，晨起登舟，入沙市。午间，黑云满江，斜风细雨大作。予推篷四顾，天然一幅烟江幛子。（卷一）

　　这是万历三十六年冬天，中道乘舟出发，途中遇到大风雪，被迫折回沙市。前一则写作者被雨雪困阻，江舟之中，听雪竹之声，孤灯夜读。风雪敲竹，反衬出冬夜之静谧；暗窗红火，更显得雪夜的严寒。而"每有欲往，辄复不遂"之感，也暗寓了其人生困顿的感喟。后一则写午间黑云满江，斜风细雨，"推篷四顾，天然一幅烟江幛子。"只寥寥数语，便刻画出极为美妙的烟雨江景，确是传神写照的高手。细细涵泳，一种烟雨迷离的感觉似乎凸立纸上，扑面而来。又如：

　　舟中望沣州嘉山，山虽不竦秀，而多深松。自此两岸多垂杨，渔家栉比。近津市愈清澈，下了了见石子，石上多绿苔如髯鬣，随流荡漾，又如长麈尾披拂，故水映而成绿。乃知有山处水多绿，以下多石苔故也。

从山下易小舟，山前有洲如月，水流其中成曲。湖上杨柳森秀，山间偃盖之松，枕藉岩阿。从此水益清，下见砾石，滩上流声瑟瑟。

（卷二）

中道的游记，似乎与水最有缘分，其笔下井泉溪涧、瀑布池潭、江河湖海，可谓逢水必妙，有关水的游记写得都灵动清新，富有机趣。尤其是这些江行日记，更是纯洁宁静，清雅脱俗，无烟火气，而有山水画的萧散清逸的意境，是古代游记中不可多得的珍品。

矜炼深刻钟伯敬

以钟惺（伯敬）、谭元春为代表的竟陵派主张反对摹古，推崇性灵，表现自我，这些方面与公安派是基本一致的；然而他们的美学追求与公安派又有所不同，他们提倡以"幽深孤峭"的艺术风格来表现"幽情单绪"的内容。在创作上，他们力求以谨重和新奇的风格来矫正公安派的浅率和俚俗，竟陵派作家也创作出不少优秀的小品文。

若说公安派和竟陵派在散文风格上的差异，可以袁宏道和钟惺为例加以比较。大致袁宏道的散文平易畅达，长于机趣；钟惺的散文矜炼深刻，神气内敛。袁宏道的散文世俗味极浓，文笔也不避俚俗；而钟惺则求幽情单绪，孤行静寄。"我辈文字，到极无烟火处，便是机锋。"（《答同年尹孔昭》）袁宏道语言放纵恣肆；而钟惺的语言字斟句酌，刻意安排。袁宏道的散文绝不装腔作势，然易失之浅俗肤熟；钟惺的散文绝不落俗套，然易失之枯涩险僻。

竟陵派的诗歌通过孤行静寄的覃思冥搜，写出幽深孤峭的作品。至于其散文之中，山水游记、写景小品在景物描写中也体现一种幽深孤峭、幽冷静寄的情怀，但更多论说文的风格则是简约精警，别出心裁。

钟惺的散文中议论文的数量最多，成就也最高。它们善于翻案，求新求奇，又合乎情理。如《夏梅说》：

梅之冷易知也，然亦有极热之候。冬春冰雪，繁花粲粲，雅俗争赴，此其极热时也。三四五月，累累其实，和风甘雨之所加，而梅始冷矣。花实俱往，时维朱夏，叶干相守，与烈日争，而梅之冷极矣。

故夫看梅与咏梅者，未有于无花之时者也。张谓《官舍早梅》诗所咏者，花之终，实之始也。咏梅而及于实，斯已难矣，况叶乎？梅至于叶而过时久矣。廷尉董崇相官南都在告，有《夏梅诗》，始及于叶。何者？舍叶无所为夏梅也。予为梅感此谊，属同志者和焉，而为图卷以赠之。

夫世固有处极冷之时之地，而名实之权在焉。巧者乘间赴之，有名实之得，而又无赴热之讥。此趋梅于冬春冰雪者之人也，乃真附热者也。苟真为热之所在，虽与地之极冷而有所必辩焉。此咏夏梅意也。

梅花的特点便是傲雪凌霜，冲寒而开，而赏梅于雪冰之中遂成为上流社会与文人雅士们的习俗，成为可以夸耀可以伪饰的时髦，成为一种谁都可以"附庸"的"风雅"。作者说冰雪之中的梅花本身虽"处极冷之时之地"，但"趋梅于冬春冰雪者之人"却是"真附热者"，而引夏天赏梅之人为同志，表面看来，似乎极为悖谬，细细品味，也却有道理。"清高"，"清高"，多少俗人俗事假尔之名而行之！这是一篇托物寓意、讽刺人情世态的小品，文章构思独特，由季节的冷热谈到赏梅咏梅的冷热，又进一步谈到世态人情的炎凉，自然而然地讽刺了那些名为清高风雅实则趋炎附势的世俗之人。这篇文章颇能表现出钟惺思维方式的特点：洞察秋毫而鞭辟入里；也表现出钟惺论说文的特点：以冷峻犀利之笔，含孤高峭拔之气。明人喜欢翻案，而不少翻案文章流露出偏激轻浮的习气，但钟惺此文，却堪称此中佳品。

竟陵派的文章在风趣方面稍逊公安派，但有时也不乏冷峻的幽默。如钟惺的《自题诗后》一文写他与谭元春都认为，在生活中，真正的旷达和潇洒是不读书，不作诗文，作诗文就难以真旷达了。理论上他们都明白这个道理，但问题在于两人都是"书淫诗癖"，离不开诗文，于是文章就有下面一段妙文：

袁石公有言："我辈非诗文不能度日。"此语与余颇同。昔人有

　　　　　　　　旨永神遥明小品

问长生诀者，曰："只是断欲。"其人摇头曰："如此，虽寿千岁何益？"余辈今日不作诗文，有何生趣？

这里把作家的创作欲望比喻为人自身难以扼制的色欲，而且纵使此欲能断，作家活着还有什么滋味？这种比喻生动而别出心裁，文笔妙趣横生。

钟惺为文，苦心构思，这种特点也表现在书札之中。传统的书札是信笔而书，很少讲究为文的用心，而钟惺对于书牍的写作仍很讲究。如《与陈眉公》一信写于万历四十五年，当代大名士陈继儒过访南京，拜会了钟惺，陈继儒归后，钟惺修此短简：

相见甚有奇缘，似恨其晚。然使前十年相见，恐识力各有未坚透处，心目不能如是之相发也。朋友相见，极是难事，鄙意又以为不患不相见，患相见之无益耳。有益矣，岂犹恨其晚哉！

此书札只是四句话，却一句一转，层层深入，句句有自得之见。作者的文字十分准确，古人总是以"相见恨晚"来形容新交相识的可贵，而钟惺竟说"相见甚有奇缘，似恨其晚"。这一"似"字，就用得奇了。文势变得顿挫有力，且为下文蓄势，以下的文章正是围绕这个"似"字来作的。作者议论道，相见关键看有益无益，而非早晚。

结尾说，"有益矣，岂犹恨其晚哉？"用一"岂"字来回应首句的"似"字，而言外之意又是说与陈眉公的此次相见是收益很大的。虽只寥寥数语，仍可见作者构思和修辞之苦心。陈眉公年长钟惺十七岁，而且早已是名闻朝野的大名士，对于钟惺来说，眉公是前辈名公，然而钟惺的尺牍却绝无阿谀之态，颇可看出他那种冷峻矜持的态度。

《与郭笃卿》一篇也颇能见出钟惺尺牍的技巧。这封信的内容是推荐一位星相先生给郭笃卿：

> 弟平生不喜星相，尤不喜星相之极验者。凡人生祸福，妙在不使人前知，若一一前知，便觉索然，且多事矣。弟所知陈生，则星家之极验者也。以弟不喜其术，欲去而之他邑。想兄与弟同好恶，亦应不喜此术。而世上如我两人趣尚者，百无一二，则陈生之遇者百，而不遇者亦一二也。幸随分推广，但莫荐之钟伯敬一流人耳。一笑。

陆云龙在《翠娱阁评选钟伯敬先生小品》中评此尺牍说："每读先生文，有一波未竟，一波又兴；一峰方转，一峰又出，令人不暇应接，而尺牍犹甚。"这种尺牍的特点，不在内容的深刻，也不在文采之美妙，而在遣词用意之巧。信中说，我不喜欢星相，尤其是不喜欢那些算得太准的人。而这位陈先生星相极验，只好离开此处了。这里

　　　　　　　　　旨永神遥明小品

的妙处是称赞陈先生，偏从不喜欢其星相写起。越是说不喜欢，其实便越显其高明。文章写到此处，不易下笔了：对方也许要说，你既然不喜欢，何以知道我也喜欢。作者偏偏又自己再给自己出一难题。他说，咱们趣味相投，你自然也是不会喜欢星相的。这封推荐信写至此已经是山穷水尽了：既然知道郭笃卿也不喜欢，那么这种推荐不是多余的了？不料，作者笔锋一转说，其实，世上像你我两人不信星相的人很少，大多数人是信星相之术的，何况，陈先生又是"星家之极验者"，所以还是很有市场的。信末才道出推荐的目的，让郭笃卿"随分推广"，不过，他不忘幽默地说，只是千万不要推荐给钟惺之流的人物。一封小小的推荐书，把对方与推荐者都奉承了，又恰到好处。写得如此波澜起伏，抑扬开阖；一个简单的意思，却说得如此曲折，如此艺术，这正是钟惺的才人伎俩。

在钟惺的书信中，《拟曹操让黄祖杀祢衡书》是颇有游戏意味的作品。(《隐秀轩集》卷第二八)人们总说，曹操借黄祖之手来杀祢衡。此文则以曹操写信责备黄祖的口吻，让曹操进行自我辩解。此文分为三层意思。第一层是辨明将祢衡送黄祖处的用意。曹操说，祢衡为人狂骏，而任鼓吏之后，在此处的关系已闹僵了，当时祢衡"决不能恬然食孤之食，听孤之教"，留在此处对祢衡没好处，所以只好为他找个落脚处，也给他一个锻炼的机会。祢衡是一位书生，"接霸王之时少，见孤宽容，以为天下尽如是；不若使群雄间以炼之。"正因为知道黄祖"性颇卞急",正好调伏祢衡的狂骏之病,成为一个真正的人才,以后还可用之;退一步,让祢衡有个去处,也使他"不至流落失职,此则孤区区之志也"。绝没想到黄祖竟然把祢衡杀了!有人说,曹操忌恨祢衡又怕蒙恶名故借黄祖之手杀之,下文便针对这种说法以轻蔑的口吻反驳道:

若谓孤有怒且忌于衡,恶有杀才士之名而假手于足下,此又不然。衡有何可忌?孤有怒于衡,即杀衡耳,且杀衡又何损于孤?孤所杀不尝有十百倍于衡者乎?

曹操说,他不杀祢衡绝不是不敢杀,而是因为"不足杀而可怜",他认为祢衡经过调教,以后可以成为王粲、陈琳一类人。曹操说,陈琳草檄文侮辱他,远甚于祢衡,但后来归顺,"孤诚心喜之"。而真正说得上能让曹操忌恨的是刘备,曹操又是如何对待他的呢:

夫刘备者,孤尝许其"天下英雄惟备与孤耳",则孤所忌宜莫如备。备将关羽,亦臣隶之皎皎者,坠孤掌股者数矣。孤皆抚之。已负孤而又纵之,而又抚之,而又纵之,终成其义。孤岂惮有杀英雄名?凡以王伯将相之业,非杀之所取胜,俟其运数有所归、智勇有所穷,而后承其敝。丈夫举事,从古如此。况衡之不足杀者乎?

　　　　　　　　　　旨永神遥明小品

全文针对"忌""惮"二字，写祢衡之不足忌，杀衡之不足惮。文章的论述十分严密，将各种说法——驳倒，而更值得注意的是，作者揣摩曹操的心理，以其口气来写，惟妙惟肖。这种技巧，既可能借鉴了当时小说、戏曲等通俗的文学作品形式，也可能受到八股文的影响。八股文，"代圣贤立言"就需揣摩古人的心理、口气来代古人立言。从这方面看，《拟曹操让黄祖杀祢衡书》是一篇在形式上颇值得注意的文章。

钟惺喜欢游览山水，"所至名山必游，游必足目渊渺，极升降萦缭之美。使巴蜀，历三峡；入东鲁，观日出；较闽士，陟武夷。"（谭元春《鹄湾文草》《退谷先生墓志铭》）但是钟惺的山水游历，在晚明文人中，其实不算多，其游兴游踪，与袁宏道比，相去甚远。在袁宏道的创作中，游记写得最多，而《隐秀轩文》中只收入山水记七篇、园馆记二篇。他的游记写景想象清奇。如《中岩记》写唤鱼潭一带的景色："大抵唤鱼潭以往，行皆并壑，石壁夹之若岸，壑若溪，藤萝亏蔽壑中若荇藻，老树如槎，根若石，猿鸟往来若游鱼，特无水耳。"（《隐秀轩集》卷第二十）把两边的石壁比喻成岸，山壑比喻为溪，的确新奇。在《浣花溪记》的开头，写成都南门万里桥的景色，"西折，纤秀长曲，所见如连环，如玦如带，如规如钩；色如鉴，如琅玕，如绿沈瓜。"（《隐秀轩集》卷第二十）通过一连串生动的博喻，逼真地描写出多彩而富有质感的景色，可以看出钟惺作为一位出色画家的艺术素养。钟惺的游记文笔相当简洁，而内涵又非常丰富，如《浣花溪记》写景记事，错落有致，而又充满着对于杜甫那种"穷愁奔走，犹能择胜，胸中暇整，可以应世"的阔达胸襟的崇敬。钟惺与其他竟陵派作家一样，其文章追求别出心裁，匠心独运，但在语言形式上，时有奇险涩口之感。如下文：

夜分，童报气兴于东，非夜气也，以为日，急往登峰。万光而碧其下，星不能光，光不能尽如夜，而犹不失为星光。趋盛，又以为日。此而日焉，是日于夜也。久之，有赤而圆，其端从碧中起者，日也。脱于碧者半，天海所交，水风窘之，反不能圆。赤尽而白，白斯定，定斯圆，圆斯日矣，则下界日出时也。(《岱记》)

鏊穷，亭之，声光相乱，水木莫敢任。自亭入，弘整可屋，屋之。屋后为壁，洞在壁下，泉出焉，渊而不流，竟日乃出。(同上)

试细细涵泳这些文字，其感觉就如行走于怪石嶙峋、曲折迷离之小径，这种游览虽然有趣，却让人步履艰难。钟惺欲矫正公安派过分的浅切流利而出以字雕句琢，几无一字虚下，而其句法、字法又别出心裁。公安派以畅快求新，而失之浅；竟陵派以奇崛求新，故往往失之涩。

幽峭奇诡谭元春

谭元春与钟惺同乡，比钟惺小十多岁，但志同道合，成为忘年之交，时人称为"钟、谭"，共创竟陵派。谭元春散文的数量并不多，但不少文章写得相当精要。

谭元春的拿手好戏是写序跋——为自己或为他人的诗文集，他的文章数量不多，但序跋超过了一半。他的序跋虽然是尺幅短章，但很有思想内涵和深度。他在《〈袁中郎先生续集〉序》中针对袁中郎的创作，提出"古今真文人何处不自信，亦何尝不自悔？"这是非常深刻的道理。什么叫自信与自悔呢？"当众波同泻，万家一习之时，而我独有所见，虽雄裁辨口，摇之不能夺其所信。至于众为我转，我更觉进。举世方竞写喧传，而真文人灵机自检，已遁之悔中矣。"敢于抗世俗，反潮流，虽众人哓哓，仍不为所动，一意孤行，此谓之"自信"；当自己的主张已为众人所接受，形成一种新的风气，成为新的崇拜和模拟对象，却能够反思，敢于自我否定，以求自我超越，此谓之"自悔"。谭元春以"自信"与"自悔""自变"作为袁中郎创作上的特点，是非常准确的。历来研究中郎者，少言及他敢于多变又善变的特点。自信与自悔，表面看似矛盾，其实本质是一致的，就是追求独创。大概古今喜欢标新立异，开风气之先者都有此特点。

谭元春为女诗人王微的诗集所写的《〈期山草〉小引》也是一篇颇具匠心的序文：

己未秋闱，逢王微于西湖，以为湖上人也；久之复欲还苕，以为苕中人也；香粉不御，云鬟尚存，以为女士也；日与吾辈往来于秋水黄叶之中，若无事者，以为闲人也；语多至理可听，以为冥悟人也；人皆言其诛茅结庵，有物外想，以为学道人也；尝出一诗草，属予删定，以为诗人也。诗有巷中语、阁中语、道中语，缥缈远近，绝似其人。

荀奉倩谓"妇人才智不足论，当以色为主"，此语浅甚。如此人此诗，尚当言色乎哉？而世人犹不知，以为妇人也。

文章从篇章结构到词语字句都是精心安排的。文章从头到尾一口气用八个"以为……人也"的排比句，一气贯穿，这里连用八个"也"字结尾的叙述句，颇有六一居士《醉翁亭记》开篇文笔摇曳的遗风。

旨永神遥明小品

"以为"二字，用得很妙，因为王微的身份似实似虚，如真如幻，难以肯定，而这一切，绝不是闲笔，句句说人，实则句句说其诗。下文"缥缈远近，绝似其人"，则巧妙地把其人其诗统一起来。序文虽短，但女诗人的奇特多彩的生活与孤高脱俗的风采，其诗的缥缈远近，无不形于笔端。

谭元春的一些墓志与传记也有佳篇，刻画人物传神生动。如《退谷先生墓志铭》其实是一篇钟惺的传略。文中非常准确地把握了钟惺"性深靖如一泓定水，披其帷，如含冰霜，不与世俗人交接"的特点，文中有一段描写钟惺任南京礼部郎中时的生活：

退谷改南时，僦秦淮一水阁，闭门读史，笔其所见，题曰《史怀》。孤衷静影，常借歌管往来，陶写文心。每游人午夜棹回，曲倦酒尽，两岸寂不闻声，而犹有一灯荧荧，守笔墨不收者，窥窗视之，则嗒然退谷也。东南人士以为真好学者，退谷一人耳。

这是非常有典型意义的描写，在繁华喧闹的秦淮做官，竟能闹中取静，闭门读史，而且"借歌管往来，陶写文心"，这正很有力地表现出钟惺"性深靖如一泓定水"的特点来。而文中写半夜秦淮河归于寂静，只见一灯荧荧，钟惺仍在笔耕不辍。这是一个多么冷幽，又是多么动人的情景。谭元春又写钟惺外表虽严冷，内心却厚道，

"待友接士，一以诚厚"。有一次在江南任官时，便衣出游虎丘，路上被两个喝醉的公子所纠缠侮辱，同行的人"怒欲殴之"，却被钟惺制止了：

　　明日传刺，有两书生求见，肃衣冠，书币恭谨，以文来贽，称弟子者。退谷出舟相见，则向人也。为细阅其文，不复言。两人惭无措。

以相当宽容厚道的态度来对待无礼之辈，当他知道求见者就是昨日喝醉的二公子时，竟平静地"为细阅其文，不复言"，这个细节很生动地说明了钟惺的品质风度。这种写法可谓于细微处见精神。

　　谭元春的"记"写得不多，在《鹄湾文草》中只收了八篇"记"。虽然数量不多，但倒是比较鲜明地表现出竟陵派散文的艺术特点。他的《游玄岳记》《游南岳记》和乌龙潭三游记数篇，都可列为晚明优秀游记作品。他旅居南京期间所写游览乌龙潭的三篇游记，同写一个景点，但不雷同，各具特点，而成为一组系列游记。《初游乌龙潭》概述景点的位置与特点；《再游乌龙潭》描写雨中游乌龙潭；《三游乌龙潭》则写月下乌龙潭的景色。三篇前后相贯，从不同角度、不同时节、不同心情来描写乌龙潭的景色。三篇之中，《再游乌龙潭》一文写得尤好。此文写七夕游乌龙潭，篇首逆锋用笔，先以六个缀以"宜"的句子，表述七夕游玩良辰美景赏心乐事的理想境地。"潭宜澄，林映潭者宜静，筏宜稳，亭阁宜朗，七夕宜星河，七夕之客宜幽适无累。"然笔锋一转，写作者所经历的，却是另一番境地，他是在暴风骤雨、震雷疾电的恶劣天气中游览乌龙潭：

已而雨注下，客七人，姬六人，各持盖立幔中，湿透衣表，风雨一时至，潭不能主。姬惶恐求上，罗袜无所惜，客乃移席新轩。坐未定，雨飞自林端，盘旋不去，声落水上，不尽入潭，而如与潭击。雷忽震，姬人皆掩耳欲匿至深处。电与雷相后先，电尤奇幻，光煜煜入水中，深入丈尺，而吸其波光以上于雨，作金银珠贝影，良久乃已。潭龙窟宅之内，危疑未释。

是时风物倏忽，耳不及于谈笑，视不及于阴森，咫尺相乱。而客之有致者，反以为极畅，乃张灯行酒，稍敌风雨雷电之气。忽一姬昏黑来赴，始知苍茫历乱，已尽为潭所有，亦或即为潭所生，而问之女郎来路，曰"不尽然"，不亦异乎？

这里所描写虽不同于篇首所述的理想境地，却展示了谭元春特殊的审美视角。文中把乌龙潭的风雨雷电描摹得有色有声，奇幻惊人，文笔诡奇幽峭，从自己亲身体验的各种感觉来把握乌龙潭奇幻之景，从中我们不难看出谭元春那种对于奇幻景色的欣赏和愉悦，这也反映了他的审美趣味的个性，而文末写那位女郎，文笔又迷离恍惚，颇有幽诡之气。

谭元春擅长写景，与钟惺工力悉敌，而笔锋之变幻出新，有时似乎尚出其上。如《游玄岳记》：

过系马峰，忽一岩奇甚，连延数处。怪石与树与草与涧，若一心一手，彼隙则此充之。与王子复返其起处详观焉，岩未穷即为仁威观，有落叶数十片，背正红，点桥前小池，若朱鱼乘空。过观十余里，桃李花与映山红盛开，如春；接叶浓荫，行人渴而憩，如夏；虫切切作促织吟，红叶委地，如秋；老槐古木，铁干虬蜷，叶不能即发，如冬。深山密径，真莫定其四时。有猿缀树间方自嬉，童仆呼于后，猿挂自若。

写红叶飘在小池里，像如"朱鱼乘空"，真是别出心裁而又贴切确当的比喻。而作者写山中的种种佳妙景象，以如春，如夏，如秋，如冬来刻画，如一幅幅色彩斑斓的山中四时佳景图，这样既真实地再现深山密径的变幻无穷、应接不暇之美，又避免平铺直叙，或落俗套，构思极为巧妙。而本篇的下文写另一天的游览：

早起，梯石穿冈，上竹树几不可止，细流时在耳边，与蒙茸争

旨永神遥明小品

路。又行四五里，俯看深壑，茫若坠烟，身在堑底。五龙忽在天际，下级水自北来，南响始奔。自南折东，始为青羊涧。涧上置桥，高壁成城，相围如一瓮，树色彻上下，波声为石所迫，人不得细语。

桃花方自千仞落，亦作水响。听涧，自此桥始快焉。沿涧而折，过仙龟岩，如龟负苔藓而坐，泉从中喷出溅客。此而上，石多怪，向外者如捉人裾，向下者如欲自坠，突起者树如为之支扶，中断者树如为之因缘。其为杉松柏尤奇，在山上者依山蹲石，根露狞狞，为千寻数抱而后已；其在深壑者，力森森以达于山，千寻数抱，才及山根。而望其顶，又亭亭然与高树同为一盖，此殆不可晓。觉山壑升降中，数千万条皆有厝置条理，参天拔地，因高就缺，若随人意想现者。

这里描写的壑、泉、波、石、涧、松等，不过是寻常景物，但到了谭元春的笔下，就决无浮泛轻浅之病。谭元春状物写景，烦冗删尽，别开生面，如木雕，如篆刻，如锥画沙，如铁画银钩，力透纸背而丝丝入扣。其文笔险绝，奇峰迭起，而文境瘦峭，自成一格。谭元春的文字表达能力确有出人之处，寻常事物以不寻常的方式来表现，或特殊的比喻，或特殊的想象，或特殊的遣词造句，使人得到一种新鲜感，奇特感。今以《游南岳记》为例再加以说明。文中写水帘洞："水倾如帘，霜雪同根下"，描写清奇。又写山中的晴雨变幻："及华严峰，晴在络丝潭；及潭，晴在玉板溪；及溪，晴在祝高峰。若与晴逐者。"写晴雨不定如顽童，极有情趣。写风起云涌之状则说："久之云动，有顷，后云追前云，不及，遂失队。"这也是富有情趣的拟人写法。"沙边有石，石隙有泉，泉旁有壑，壑下复有奔响，响上有树，树间有花草青红光，光中又有飞流杂波。急流处有桥，桥上下皆有阴，阴内外有幽鸟啼。"这些景物实在难写出什么特点，于是干脆用一种如同民歌中的顶真法，将种种景象连接起来，语如贯珠，又恰如其分地反映出景物之间的连锁关系及彼此的空间位置，这种写法以诗歌之法为文，在传统散文中实属少见，但虽是标新立异，却非哗众取宠，因为这种表现方式与表现内容是和谐的。

谭元春为文谨严，虽不拘于前人法度，然下笔审慎，语言简省凝练，立意幽深，表现力颇强。谭元春追求艺术表达上洗去平弱俗熟，独创奇特，他在《又答袁述之书》中说：

古人无不奇文字。然所谓奇者，漠漠皆有真气。弟近日止得潜心《庄子》一书。如解牛何事也？而乃曰"依得天理"。渊，何物也？而乃曰"默"。惑，有何可钟也？而乃曰"以二缶钟惑"。推此类具思之，真使人卓然自立于灵明洞达之中。

可见谭元春对于"奇"的追求主要在于语言形式方面的创造。这种

旨永神遥明小品

倾向在其游记中表现得最为明显。这从我们上述的引文中可以看出来，此就不赘论了。谭元春的语言别出心裁，他不但喜欢多用短句，还喜欢吸收骈文的句法入散文，其文章往往以抒情的笔调和骈散相间的语言，去追求一种特殊的意味。如《自题〈湖霜草〉》一文，记述游览西湖与苔、雪的美妙感受。文章的前半部分用散体文概述游览的时间、地点、人物和泛舟游览的"五善"：

予以己未九月五日至西湖……当其不寓楼阁，不舍庵刹，而以琴尊书札托彼轻舟也，舟人无酬答，一善也；昏晓不爽其候，二善也；访客登山，恣意所如，三善也；入段桥，出西泠，午眠夕兴，四善也；残客可避，时时移棹，五善也。

接着，笔调一变，改为骈文体制来抒写山水之美与游览感受：

细而察之，意绵绵于空翠古碧之中，逢客来而若断；目恍恍于衰黄落红之下，触松色而始明。众阜欣欣，借红叶为魂魄；六桥历历，仗明月以始终。我怀伊何，谁念及此？夫哲人早悟，入山水而神惊；志士多忧，闻黄落则气塞。况乎望山陟岭，杳然无极；泊岸依村，动必以情。有西湖幽映其外，不待十里，而步步皆深；有两高环照其上，寻至千重，而层层欲霁。江海倒射乎韬光之顶，溪流送阴于龙井之前。响声依然，如苏子过亭之日；泉事甚远，同骆丞刳木之思……

以散体文来叙事，以骈体文来写景抒情，融合无间，笔墨雅炼，确有独特风味。

钟、谭并称，艺术风格相近，但仍有所不同。明人徐波评论说："钟则经营惨淡，谭则佻达癫狂；钟如寒蝉抱叶，玄夜独吟，谭如怒鹃解绦，横空盘硬。"（《明文海》卷二五四《钟伯敬先生遗稿序》）不过，我以为谭元春在创作成就总体上却难与钟惺相提并论，他的才情与艺术创造力，比起钟惺来略逊一筹，而其作品的艺术境界，比钟惺作品要狭隘些。

竟陵文笔写帝京

竟陵派散文在晚明文坛曾经影响甚大，海内"靡然从之"，晚明著名作家如王思任、祁彪佳、张岱等都受到竟陵派的影响，而刘侗与于奕正的《帝京景物略》则可说是得到竟陵派的"真传"，是竟陵派散文的代表作之一。

明代的文人墨客，多是江南人，故江南的山水秀色是明代山水游记的主要内容。刘侗虽是南方人，然"北学而燕游者五年"，他之所以写作《帝京景物略》，是在于他认为此地山水景物兼有自然美与特殊的人文意义。在写作过程中，于奕正负责撽求事实，因此，于奕正对于《帝京景物略》的构思和取材起了重要作用；刘侗负责排纂成文。因此此书的文学成就主要应归功刘侗。他们的合作是相当认真的："事有不典不经，侗不敢笔；辞有不达，奕正未尝辄许也。所未经过者，分往而必实之。出门各向，归相报也。"(《帝京景物略·叙》)此书以实录兼审美的眼光审视地方风物，记述了北京地区的风景名胜和习俗风情，它既是一部内容翔实可信的地方景物志，也是一部很有审美价值的艺术作品。此书详细记叙了北京地区的景物，包括园林寺观、名胜古迹、岁时习俗等等。故此书不仅是一部写景小品，也是一部有关北京历史地理文化的重要书籍。

明代园林十分兴盛，此书不少篇章记载了明代北京的园林艺术。如《定国公园》一则写定园总体的特色是"朴"。园中土垣不加涂饰，土池也没有驳岸，建筑物十分随意，树木的种植也任其自然，不按行列栽培。而且在古屋之中，"额无匾，柱无联，壁无诗片"。但刘侗认为这种造园"实则有思致文理者为之"，因为它反映了一种追求平淡、崇尚自然的与"文理"相通的园林美学思想。"藕花一塘，隔岸数石，乱而卧，土墙生苔，如山脚到涧边，不记在人家圃。"这是一种高妙的造景艺术，是以文人的写意画的技法运用到造园之中的，追求简朴，而以有限的空间和景物来再现大自然的无限。一塘水池，数片乱石，加以生苔土墙，则让人产生一种置身于真实的自然景观之中的感觉。定园的总体风格追求"朴"，如"一堂临湖，芦苇侵庭除，为之短墙以拒之。左右各一室，室各二楹，荒荒如山斋。西过一台，湖于前，不可以不台也。老柳瞰湖而不让台，台遂不必尽望"。这反映了明代园林艺术一种追求古朴的风尚。此外如《英国公新园》写英国公新园的特点，不在于其园内的亭轩台阁之美，而在于它巧

旨永神遥明小品

妙地借用了园外大自然之景，突破了园林的空间限制。此园三面环水，四周风景宜人。园中只构一亭、一轩、一台，然四面湖光山色竞相奔来眼底。东边是万顷春绿秋黄的稻田，西边是晓青暮紫的西山，南眺万岁山云气蒸蔚，北望远树含烟，园中园外，浑然一体，形成气象万千的园林景观。连桥上的行人，也成为园中之景，画中之境："过桥人种种，入我望中，与我分望。"这是多么富有情趣与人文气息的风景。虽然，真正提出"借景"理论的是计成的《园冶》一书。其实，这里反映的正是"借景"的园林美学思想。

《帝京景物略》中对于当时北京民俗风情的描写，也很有认识价值。作者在这方面是有意识加以记录的。此书的《略例》中说："闾里习俗，风气关之，语俚事琐，必备必详。盖今昔殊异，日渐淳浇，采风者深思焉。"作者对于民俗风情倾注了相当的热情。如《灯市》记北京正月的灯市之盛，《春场》一篇，详记北京一年四季民间的重要节日及其风俗。《高梁桥》写清明时节高梁桥民间娱乐活动，其中有爬竿、翻筋斗、筒子、马弹解数、烟火水嬉等活动。文中写爬竿与翻筋斗最为精彩：

　　扒竿者，立竿三丈，裸而缘其顶，舒臂按竿，通体空立移时也；受竿以腹，而项手足张，轮转移时也。衔竿，身平横空，如地之伏，手不握，足无垂也。背竿，髁夹之，则合其掌，拜起于空者数也。盖倒身忽下，如飞鸟堕。

筋斗者，拳据地，俯而翻，反据，仰翻，翻一再折，至三折也。置圈地上，可指而仆尔，翻则穿一以至乎三，身仅容而圈不动也。叠案焉，去于地七尺，无所据而空翻，从一至三，若旋风之离于地，已则手两圈而舞于空，比卓于地，项膝互挂之，以示其翻空时，身手足尚余闲也。

这些绘声绘色的描写，真实而生动地再现了当时民间的杂技艺术。就是在今天看来，这些杂技的艺术水平还是达到相当专业化的水平。在《帝京景物略》中，这些有关民俗风情的描写倒是比较平实流畅的，与书中那些写山水园林的文笔有所不同。

刘侗写景烦冗删尽，善摄事物之神。他对于山水园林的描写，往往重在写其最有特征之处，如《成国公园》一则写的是一棵四五百岁的老槐树："身大于屋半间，顶嵯峨若山，花角荣落，迟不及寒暑之候。下叶已兔目鼠耳，上枝未萌也。绿周上，阴老下矣。其质量重远，所灌输然也。数石经横其下，枝轮脉错，若欲状槐之根。"《惠安伯园》写的是园中数百亩一圃的牡丹园，"花之候，晖晖如，目不可极，步不胜也"。若仔细游览这个牡丹园，需要一天时间。

旨永神遥明小品

而《曲水园》特点则是富于水竹，更以形态如松"肤而鳞，质而干，根拳曲而株婆娑"的"松化石"著称。《洪光寺》写遮天蔽日的柏树，"人行径上，上丁丁雨者，柏子也；下跫跫碎者，柏枯也。耳鼻所引受，目指所及，柏声光香触也。"一个柏树的世界。《白石庄》全篇则以柳为主脑，"庄所取韵皆柳"一句定下基调。园中之虬松、小亭、台阁、荷池、海棠、芍药、牡丹全是围绕着柳色来写的，构思颇为别致。

古来山水园林作品很多，最难出新，而刘侗最出色的本领就在能于寻常景色中写出别趣来。寻常的景物，到了刘侗笔下，就决无浮泛轻浅之病。他的成功之处有两方面，一是在寻常的景物中写出特殊的感受。如《香山寺》写甘露寺的金鱼，"泉上石桥，桥下方池，朱鱼千头，投饵是肥，头头迎客，履音以期"。写池中的金鱼，当游客投下食物时，竞相浮出水面争食，似乎是热烈地迎接着客人的到来。更奇特的是写鱼"履音以期"，写鱼在聆听着足音，等待客人的到来，这种感觉便写出奇趣来了。刘侗的另一方面是能以不寻常的表达方式，来表达寻常的事物，或特殊的比喻，或特殊的想象，或特殊的遣词造句，使人得到一种新鲜感、奇特感。刘侗状物写景，烦冗删尽，别开生面，如木雕，如篆刻，如锥画沙，如铁画银钩，力透纸背而丝丝入扣。其文笔险绝，奇峰迭起，而文境瘦削，自成一格。如《西堤》中写夏天荷花盛开，荷叶也很茂盛，到处散发着荷的香味，作者写道："花香其红，叶香其绿。"说荷花的香味由红色溢出，荷叶的香气从绿色飘来。这种红香、绿香的说法非常奇特，让人过眼不忘。又如《云水洞》："登大小摘星岭，西望胡良拒马大小河，如练，如带，如游丝，在拄杖下，颠则落河中耳。"写远方的河所用的比喻是前人用过的，但说它"颠则落河中"的写法却又是别出心裁的。

唐宋以后，散文发展走向文从字顺，文气流畅，在审美方面更趋向于生活化。从明初开始，散文发展的主体是走唐宋的路子，其中像唐宋派与公安派更是如此。竟陵派虽承公安派而来，却有截然不同的审美趣味。大致公安派散文平易畅达，长于机趣；竟陵派矜炼深刻，神气内敛。公安派散文世俗味极浓，文笔也不避俚俗；而竟陵派而求幽情单绪，孤行静寄。公安派的语言放纵恣肆，浅切流利，而竟陵派则字斟句酌，刻意安排。公安派的散文绝不装腔作势，以畅快求新而易失之浅俗肤熟；竟陵派绝不落俗套，以奇崛求新，而往往失之枯涩险僻。《帝京景物略》是竟陵派作品的典型，它把钟惺、谭元春的审美倾向加以集中和放大，其语言风格与钟、谭散文相比，显得更为诡奇生涩而别具一格。

刘侗有意识打破语言常规，以追求陌生化的艺术效果。前人文章的佶屈聱牙，往往是因为使用古僻生疏的字词而形成的，但刘侗却善于把最常用的字、词编排得生涩诡奇，他主要是用变异的语言来表现特殊的艺术感受。比如他喜欢变化词性，以名词作为动词，如《水关》中："水一道入关，而方广即三四里，其深矣，鱼之；其浅矣，莲之，菱芡之，即不莲且菱也，水则自蒲苇之，水之才也。"句中的"鱼""莲""菱芡""蒲苇"在文中都成为动词。又如《海淀》中："水之，使不得径也；栈而阁道之，使不得舟也。"这里的"水"是蓄水，"栈而阁道"是建造栈道使之成为阁道之意，这也是把名词动词化了。这种表达不仅显得奇峭，而且的确比通常的表现方式更为简括。刘侗喜欢用极短的句式，如《三圣庵》中的句子："有台而亭之，以极望，以迟所闻者。三圣庵，背水田庵焉。门前古木四，为近水也，柯如青铜，亭亭。台，庵之西。台下亩，方广如庵。豆有棚，瓜有架，绿且黄也，外与稻杨同候。"读起来节奏迫促，与传统的山水游记行云流水般自然的语言根本不同。这是因为他有意识地尽可能地删去唐宋以来古典散文中常用的用以起承转合与使文气舒缓自如的虚字。如"门前古木四，为近水也，柯如青铜，亭亭"句，若在"亭亭"之后，补足像"如盖"之类的补语，文气便顺畅平易。作者在"亭亭"二字突然结束，文气蓦地变得奇峭起来。刘侗为了洗去文气的平弱，喜欢特殊句式，或有意地变化句法，使之失去对称平衡，造成音韵上的不流利，以求得文势奇僻峭拔。如《白石庄》写柳"春，黄浅而芽，绿浅而眉，深而眼。春老，絮而白；夏，丝迢迢以风，阴隆隆以日；秋，叶黄而落，而坠条当当，而霜柯鸣于树。"对于几个季节的描写，偏用完全不同的句式。甚至，描写春季的句式，也决不统一，以追求一种变化，一种与公安派的流利不同的美感。又如《水尽头》开头：

观音石阁而西，皆溪，溪皆泉之委；皆石，石皆壁之余。其南岸，皆竹，竹皆溪周而石倚之。燕故难竹，至此，林林亩亩。竹，丈始枝；笋，丈犹箨；竹粉生于节，笋梢出于林，根鞭出于篱，孙大于母。

过隆教寺而又西，闻泉声。泉流长而声短焉，下流平也。花者，渠泉而役乎花；竹者，渠泉而役乎竹：不暇声也。

这一篇的遣词造句突破规范，初读不免佶屈聱牙，反复讽咏，却别有风味。而值得注意的是作者这里多用偶句，却写出如此拗折冷峻之趣，的确是相当独特的。又如《雀儿庵》：

雀儿庵，在潭柘后山五里。在千峰万峰中，在四时树色，四时虫鸟声中。庵，方丈耳。一灯满光，一香满烟。然佛容龛，容供几；

僧容席，容榻，容厨；客来，容坐，庵矣。山田给粥饭，叶给汤饮，蔬果给糇饵，庵矣。

传统古文中的排比句，都是累累如贯珠的流畅，而刘侗这里虽然也运用排比句，却是故意追求一种艰涩生拗之趣。文中的表达方式很特别，如说"一灯满光，一香满烟"。点一盏灯就使满庵生辉，点一支香就使满庵弥漫着烟，作者之意是特别强调雀儿庵之小，这种表达方式的确见出作者在文字上的苦心经营。

刘侗喜欢突破传统表达方式，在《温泉》一文中，刘侗先是细致地描写了温泉之美，文章的结尾用这样两句话作结："泉而东六十里，大汤山，又一温泉；再东三里，小汤山，又一温泉。"他竟然用相同的句式重复地表现同一意思，文笔似乎显得稚拙而累赘！当然，他完全可用传统古文中"环滁皆山也"式的简括经济的表达方式，但那样便显不出刘侗的语言个性了。他之所以反复强调"又一温泉"，一则是表现他对温泉的喜爱之情；一则也是表达对此地温泉之丰富的意外惊喜。鲁迅先生的著名散文《秋夜》的开头："在我的后园，可以看见墙外有两株树，一株是枣树，还有一株也是枣树。"恰恰也是用一种看起来重复烦冗的话，传神准确地表达他当时寂寞单调的心境。虽意趣与《温泉》不同，却有异曲同工之妙。

在中国古代众多的地域风物志中，《帝京景物略》是相当出色的；而在记述北京风土景物的书中，《帝京景物略》是出版较早而又最有艺术特色的一部。正是由于其风格的独特性，它才能在中国文学史上占有一定的地位，并对当时人和后人产生了影响。如张岱的《西湖梦寻》一书就受到其影响，它以北路、西路、南路、中路、外景五门，分记其胜。每景首为小序，而杂采古今诗文胪列其下，其体例全仿刘侗《帝京景物略》。但平心而论，《帝京景物略》追求奇峭而过于刻意，时时弄到造作的地步；而过于追求突破语言规范，寻常的意思，有时却令人难于考索。其佳妙之处，如曲径通幽，别有洞天；而其劣处给人的感觉则"如衣败絮行荆棘中，步步牵挂"。

奇诡谑浪王思任

王思任（季重）的散文创作既受到公安派与竟陵派的影响，但又自成一格。他颇有晚明名士之风，滑稽放浪，但又颇有骨气正气。他的上马士英疏，写得义愤填膺，感荡激烈，是脍炙人口的佳作，也是王思任的代表作。“吾越乃报仇雪恨之国，非藏垢纳污之区也。”成为千古流传的名句。此文正所谓嬉笑怒骂，皆成文章者，可称晚明最有斗争锋芒的小品之一，其忠愤之气，千古尚存。

不过，在王思任的作品中还是其游记散文最为人所推重。陆云龙在《翠娱阁评选王季重先生小品》卷首的“叙”中评论其山水记时说：“而其灵山川者，又非山川开其心灵，先生直以片字镂其神，辟其奥，抉其幽，凿其险，秀色瑰奇，踞其颠矣。”王思任的散文深受徐渭和公安派的影响，其文放纵之中谐趣横生。然而其语言又颇受竟陵派的影响，追求一种新奇之境。张岱评论其山水游记“笔悍而胆怒，眼俊而舌尖；恣意描摩，尽情刻画”（《王谑庵先生传》）。

传统游记大多以清新自然，淡泊逸远，情味悠永为其文体特征，但王思任的大多数山水游记则有所不同，他以怪怪奇奇，纵横奇宕取胜。请看下面一节写天台山的游记：

诘朝，由竹厨下，看幽溪，坐般若石，听浪春。扪一尺径，取圆通洞。三大石堆成，妙有天来，云听呼入，泉喉乱放，蜩咽鹤清，或直吼下如狮子作武，又或奏独笙，或击万鼓。攀罗上松风阁，顾瞻左壁，骨绣毛锦，灯公十丈宝莲舌，无庸导师，便便然灵文玄对，不可谓单直蒲团上来也。

去此三里许，一石跳地插天，欲往从之，茂草跋扈，遂别去。取旧岭上数里，望台邑，一方耕耳。俄有苍莨笋一枝，沉黑拔起山尾，是国清之塔矣。路眩陡不可舆，敕股健束，速向鞋底下取塔。取而益隔，旋十数岭，一蹊俯千丈余，一道银布，从绝涧抛下，乃石梁小弱弟析居此，而日夜啼号者。马栗人寒，各不得语，亦不能转换回侧。稍延至容足地，塔出予马首，然后有国清也。(《天台》)

其实，这些在古代诗文中乃寻常之景，寻常之事也，但到了王思任的笔下，就蓦地产生了一种"陌生化"的艺术效果，令人刮目相视，形成一种相当有个性的语言。无论是叙述、描写，还是遣词、造句，都不落窠臼，出人意料。写泉声则"泉喉乱放"，写石壁则"骨绣毛

旨永神遥明小品

锦"，写石则"跳地插天"，写草则"茂草跋扈"，写山涧则是"一道银布，从绝涧抛下，乃石梁小弱弟析居此，而日夜啼号者"。写国清塔则比喻为"苍莨笋一枝，沉黑拔起山尾"，往山下看塔则说成"向鞋底取塔"。这都是爱奇务险，远出常情的奇谲语，而在传统的山水游记中，是绝少如此的。

王思任游记的构思往往别出心裁，超出常规，以洗去平弱。如其《游唤·天台》一篇结尾，把天台山的各个风景名胜比喻为一篇篇风格各异、气象不同的文章，然后借用科举考试放榜的形式，自己任主考官，一一品第山中诸胜。并以诗文评点的术语，来描述诸名胜的特色，如："文章胎骨清高，气象华贵，万玉剖而璧明，万绣开而锦夺。昆仑嫡血，奴仆群山。仙或许知，人不能到，所谓琼台双阙也，第一。""绕肠雄气，满腹古文，郁郁苍苍，扶余穷北，万年寺也第六。""句句番语，字字鬼才，别有僻肠，不得以文体而黜之，神仙赶石第十五。"江山如画，山水如文，这种观念并非王思任的首创。但王思任以科举考试放榜的形式来评骘山水，却是一种很有时代气息的构思。

王思任的山水游记也时有戏谑笔墨，这也是异乎一般游记的地方。但其戏谑，并非泛泛的玩笑而已，也颇有深意。如《天姥》：

从南明入台，山如剥笋根，又如旋螺顶，渐深遂渐上。过桃墅，溪鸣树舞，白云绿坳，略有人间。饭班竹岭，酒家胡当垆艳甚，桃花流水，胡麻正香，不意老山之中有此嫩妇。过会墅，入太平庵看竹，俱汲桶大，碧骨雨寒，而毛叶离屣，不窗云凤之尾。使吾家林得百十本，逃帻去裈其下，自不来俗物败人意也。行十里，望见天姥峰大丹郁起，至则野佛无家，化为废地，荒烟迷草，断碣难扪。农僧见人辄缩，不识李太白为何物，安可在痴人前说梦乎？山是桐柏门户，所谓"半壁见海""空中闻鸡"，疑意其颠。上到石扇洞天，青崖白鹿，葛洪丹丘，俱在明昧之际。不知供奉何以神往？天台如天姥者，仅当儿孙内一魁父，焉能"势拔五岳掩赤城"耶？山灵有力，夤缘入供奉之梦，一梦而吟，一吟而天姥与天台遂争伯仲席。嗟呼！山哉！天哉！

天姥山曾因李白的《梦游天姥吟留别》一诗而闻名天下。李白以浪漫的手法，夸张地描绘出天姥山的雄伟："天姥连天向天横，势拔五岳掩赤城。天台四万八千丈，对此欲倒东南倾。"极写天姥之高，又说天台山虽高，还不及天姥高，好像拜倒在天姥山的东南一样。而王思任亲眼所见，天姥山哪能与天台山相比，它只能作为天台山的儿孙辈，只不过是一位较为魁伟的孙子罢了，但孙子毕竟是孙子，哪有"势拔五岳掩赤城"之理？其实，李白所写，是以梦游来驰骋想象，抒发其"安得摧眉折腰事权贵，使我不得开心颜"的感慨罢了，

旨永神遥明小品

如此匠心，作为诗人的王思任哪能不晓？但太白能情有别寄，谑庵就不能谑有别寄吗？于是他便把太白和天姥山扯到一起作为幽默的对象。他说，太白何以对天姥山如此神往，天姥山为何如此大出风头，是因为山灵善于钻营，能高攀权贵（"夤缘"），走后门到太白的梦境中，使太白"一梦而吟，一吟而天姥与天台遂争伯仲席！"这并不是轻浮的调笑，而是借题发挥，"嗟乎！山哉！天哉！"讽刺的矛头对着世间普遍存在的高攀权贵、以势压人的社会现象。

王思任的游记与传统山水游记颇有差异，除了其风格奇诮险怪、构思奇特之外，他在游记中不仅写出山川秀色，而且十分注意描写旅行中所闻见的人情世态，突出其人文因素。如《游西山诸名胜记》写在旅览后的感受："天下名山，寺领之；天下名寺，僧领之；天下名僧，势与利领之。"说佛僧十分势利，游客中的官员受到欢迎，而一般的文士则受冷遇，他观察到："其相遇时，面目有迎拒焉；其相揖时，肱臂有敬肆焉；其相饭时，烦简有器数焉。"他说，旅游对于缙绅来说，是快事；对于贫士而言，则是苦事。遂感慨"游何容易！士何可游！"王思任的观察十分细微，也耐人寻味。佛寺，清静地也，尚受势利影响；旅游，雅事也，还受世俗侵蚀，其他事便更可想而知了。他的不少游记，重点不在描写风景，而在于记录旅游过程的所见所闻，民情世态。满井是一名胜，明代写满井的游记甚多。王思任的《游满井记》一文写初春游满井，则与他人的游记大不相同。

此文写满井风景只是数句对于泉水的描写。而大量的篇幅则是写满井游客的种种形态：

　　游人自中贵、外贵以下，巾者、帽者，担者、负者、席草而坐者，引颈勾肩履相错者，语言嘈杂。卖饮食者，邀诃"好火烧！好酒！好大饭！好果子！"贵有贵供，贱有贱鬻。势者近，弱者远。霍家奴驱逐态甚焰。有父子对酌、夫妇劝酬者；有高髻云鬟、觅鞋寻珥者；又有醉詈泼怒、生事祸人、而厌天陪乞者。传闻昔年有妇即此坐蒂，各老妪解襦以帷者，万目睒睒，一握为笑。而予所目击，则有软不压驴、厌天扶掖而去者；又有脚子抽登复堕、仰天丑露者；更有喇唬恣横，强取人衣物、或狎人妻女、又有从傍不平，斗殴血流，折伤至死者，一国狂惑。予与张友买酌苇盖之下，看尽把戏乃还。

这里所记述的，完全是一个喧杂的市井生活场景，其中所刻画的各个阶层、各种人物形形色色，品类杂陈。而且王思任是以一种置身其外的冷静态度去观察社会人生的，对各种人物，只是客观地记述，不加以褒贬。"买酌苇盖之下，看尽把戏乃还。"看人间百态，如同看戏。山水游记不写其清静之景，偏取选择各色人物来描写，这种观察视角的转换是颇有意思的。后来张岱的名篇《西湖七月半》开篇说："西湖七月半，一无可看，止可看看七月半之人。"下面再写西湖七月半五类看客的形象，其视点与笔法正与王思任的《游满井记》相同。这种观照是颇有晚明文化精神的。

王思任的语言极有特色，他特别喜欢用别出心裁的修辞方式，制造"陌生化"的艺术效果。他的比喻新奇而泼辣，常常出人意表，甚至令人感到吃惊，但给人的印象很深。《淇园序》："天下山水，有如人相，眉巉目凹，蜀得其险；骨大肉张，秦得其壮；首昂须戟，楚得其雄；意清态远，吴得其媚；貌古格幻，闽得其奇；骨采衣妍，滇粤得其丽。然而韶秀冲停，和静娟好，则越得其佳。"以各种人的相貌来比喻天下山水，可谓别出心裁。《华盖》一文："海雨在四五月间，如妇人之怒，易构而难解；又如少年无行子，盟在耳门，须臾翻覆。"以"妇人之怒"和"少年无行"来比喻海雨的诸种特点，恐怕是前无古人的。接着写在山巅亭子上："看山海云物忙甚，似六国征调百万军骑，分路战祖龙者。大江乃抽匣之剑，光彩陆离，然时时闪闪暗推磨，万顷不定。"又如在《剡溪》写"群壑相招赴海，如群诸侯敲玉鸣裾。逼折久之，始得豁眼一放地步"。群壑相招赴海，也将自然界景物人格化了，这还不够，再来一个妙喻"如群诸侯敲玉鸣裾"。有时，王思任整篇山水游记全由比喻构成。如《小洋》中写落日则"如胭脂初从火出"；写山则"俱似鹦绿鸦背青"；写猩红"映水如锈铺赤玛瑙"；写沙滩"色如柔蓝懒白"；写云霞则说"七八片碎剪鹅毛霞，俱金黄锦荔，堆出两朵云，居然晶透葡萄紫也"；写夜岚"如鱼肚白，穿入出炉银红中"。王思任的比喻，往往染上诙谐的色彩。如《雁荡》开篇就把雁荡山比喻为"造化小儿时所作者，事事俱糖担中物；不然，则盘古前失存姓氏，大人家劫灰未尽之花园"。《仙岩》一文中写道："泉石之奇，皆泉石之聪明强有力所自致者。泉不安于泉，跃而为瀑布。"又如在《东山》篇中，他写大雾方开，旭日初上，望虞山一带，山峰萦绕着云雾，他比喻说，这种景色就像"絮棉中埋数角黑幕"，也像"是米癫浓墨压山头时也"。米芾画山水，信笔为之，多是烟云掩映的水墨云山，故有此喻。以上两个比喻已经十分形象生动了，但更妙的是，王思任更添一笔："然不可使癫见，恐遂废其画。"因米芾见此云山之景，自愧弗如自然之工。用此一笔，化虚为实，妙趣横生了。总之，王思任使用的比喻，除了新奇之外，还喜欢把夸张与幽默结合起来，这也是王季重语言的一个特点。张岱说王季重的散文有"笔悍而胆怒，眼俊而舌尖，恣意描摩，尽情刻画"的特点，与这种特殊的修辞手法是有关系的。

陈言尽去，戛戛独造是王思任在语言表现上的追求，《小洋》一文的开头刻画此处山水特点说："天为山欺，水求石放。"写山之高，则说天被山峰所欺凌；写江面之窄，江石之多，则说江水被江石拦住，只好哀求石头手下留情，放它过去。王思任描摹事物喜欢给人以新的具体感受，如《天姥》中写在太平庵看竹，说竹子极茂盛，有水桶那么粗，接着，王思任用"碧骨雨寒"四字形容竹林荫天蔽日，给人凉意。"雨寒"用得妙极！寒意是谁都体验过的感觉，但此处寒意竟如细雨般纷纷扬扬，随风飘洒，于是这种寒意成为看得见、摸得着的感觉。王思任总是刻意追求表达方式的新奇泼辣。如《徐伯鹰〈天目游诗纪〉序》开篇："尝欲佞吾目，每岁见一绝代丽人，每月见一种异书，每日见几处山水，逢阿堵举却，遇纱帽则逃入深竹，如此则目著吾面而不辱也。""欲佞吾目"，自己谄媚、讨好自己的眼睛，让它赏美色，品异书，观山水，而远离金钱与权势，使眼睛长在我的脸上而不觉得受到侮辱。这种说法用得非常新鲜、活泼，富有个性。对于传统表达方式，王思任有时略作改动，便产生新的情趣。如《游西山诸名胜记》一文，写"夜坐时，月来射石如水，其净如拭"。"月光如水"，是一个熟悉的比喻，但王思任加以"射石"二字，平淡的语言，马上变得奇倔起来，月光于是变得有了质感和力度。王思任的散文受到竟陵派的影响，有奇僻峻炼的一面，但他自己还有恣肆豪放的一面。如《纪游》中论及游道时用了："予尝谓官游不咏，士游不服，富游不都，穷游不泽，老游不前，稚游不解，哄游不思，孤游不语，托游不荣，便游不敬，忙游不慊，套游不情，挂游不乐，势游不甘，买游不远，赊游不偿，燥游不别，趁游不我，帮游不目，苦游不继，肤游不赏，限游不道，浪游不律。"一口气来了二十三个"游"，又是同样的句式，真是用墨如泼，把各种游的缺陷都写尽了，显出过人的才气和豪情。

王思任在艺术上的追求是出奇制胜和不断创新，无论是在语言还是谋篇布局、表现手法，都极为讲究。细读王思任的文章，你会发现几乎每篇都有出人意料的笔墨，或是比喻，或是夸张，或是用语，或是开端，或是结尾……往往若穿天心，出月胁，有意外惊人之语，而且各篇之间极少有雷同的语言和构思。随步换形的艺术手法和变幻多端的结构形式，使王思任的小品具有一种奇诡炫丽、变化莫测的风格，令人读之，其感受"若捕龙蛇，搏虎豹，急与之角而力不敢暇"。

大俗大雅张宗子

张岱（宗子）是晚明小品大家，其艺术成就可以说是晚明小品的集大成者。张岱小品率性任真，清新空灵，兼雅趣与谐趣于一身。它吸取了诗歌的抒情特性，达到极高的艺术境界，无论是写景、叙事，还是说理、抒情，都神韵飘举，趣味盎然。

张岱的小品文集有《琅嬛文集》《西湖梦寻》和《陶庵梦忆》三书，《陶庵梦忆》是张岱的代表作，也是晚明小品的代表作之一。《陶庵梦忆》内容丰富，视野开阔，它涉及晚明社会生活与风土民情的许多方面，如文物古迹、歌馆楼台、园林池沼、戏曲声伎、弹琴劈阮、名工巧匠、奇花异木、节日习俗、饮食烹饪、斗鸡臂鹰、六博蹴鞠乃至打猎阅武、放灯迎神、狭邪妓女的生活等都得到生动的反映。正是《陶庵梦忆》使张岱跻身于晚明小品大家的行列，甚至与中国古代其他第一流的散文家相比也不必多让。

无疑，张岱最为人所熟悉的是其山水园林小品，他的确极善于营造富有诗意的意境。如千古名篇《湖心亭看雪》：

　　崇祯五年十二月，余住西湖。大雪三日，湖中人鸟声俱绝。是日，更定矣，余挐一小舟，拥毳衣炉火，独往湖心亭看雪。雾凇沆砀，天与云与山与水上下一白。湖上影子，惟长堤一痕，湖心亭一点，与余舟一芥，舟中人两三粒而已。到亭上，有两人铺毡对坐，一童子烧酒，炉正沸。见余，大喜曰："湖中焉得更有此人！"拉与同饮，余强饮三大白而别。问其姓氏，是金陵人，客此。及下船，舟子喃喃曰："莫说相公痴，更有痴似相公者。"（《陶庵梦忆》卷三）

此文是以诗为文的典范，文中的意境，神似柳宗元《江雪》所描写的"千山鸟飞绝，万径人踪灭。孤舟蓑笠翁，独钓寒江雪"的意境。西湖，在张岱的笔下，曾是人声鼎沸，游人如云，如今却"人鸟声俱绝"，一切归于寂静荒凉。张岱以"点""染"结合的方法营造诗一般的意境，他先是以大写意之手段，逸笔草草地濡染出一片广漠空蒙的湖山雪景，一片白茫茫的天地。然后在这大背景中，再用浓墨点出茫茫雪景之中突出的景物。作者用"一痕""一点""一芥""两三粒"几个数量词，就传神地写出了依稀可辨的长堤、湖亭、小舟与游人。然而这一切还只是构成静止的画面。文中写此时湖心亭中竟尚有人在饮酒赏雪，这就使原先静止的画面灵气往来。文末舟子的喃喃之语，"莫说相公痴，更有痴似相公者"。以舟人之语作结，意趣深微，有文外之旨。与柳宗元的《江雪》诗相比，《湖心亭看雪》的意境显得不那么孤寂，毕竟他不是"孤舟""独钓"，还有同"痴"之人。

不过，我以为张岱作品最有特色最有价值之处是其对于晚明人文风俗的反映。周作人在《〈陶庵梦忆〉序》中指出："张宗子是个都会诗人，他所注意的是人事而非天然，山水不过是他所写的生活的背景。"（《知堂序跋》）这几句话，对于张岱的点评可谓说到点子上了。的确，张岱的眼光与普通文人和传统文人不同，他特别重视对于世态人情和众生相的细致考察和描写，他的许多小品就像一幅幅色彩明丽的风俗画。如《西湖七月半》不写西湖景色，偏写看七月半之人。其中有达官贵人，有名娃闺秀，有名妓闲僧，有市井闲汉，也有文人雅士，他们的身份不同，趣味不同，仪表风貌也各自不同。但全汇合到西湖看月的盛会之中，"人声鼓吹，如沸如撼，如魇如呓，如聋如哑……"（《陶庵梦忆》卷七）在《扬州清明》中写扬州清明的盛况，城中男女毕出，轻车骏马，箫鼓画船。从城市到郊野，绵延三十里，扫墓人、游客、仕女、艺人、商贾、货郎、妓女、僧人络绎不绝。张岱把扬州清明节与它处的节日盛况作比较："余所见者惟西湖春，秦淮夏，虎邱秋，差足比拟。然彼皆团簇一块，如画家横披；此独鱼贯雁比，舒长且三十里焉，则画家之手卷矣。"（《陶庵梦忆》卷五)《扬州瘦马》细致而真实地反映了当时纳妾的陋俗。《二十四桥风月》中写烟花女子的生活,这里有名妓,有杂妓,供嫖客自由挑选,其中写道,当更深人静,被挑剩下无人要的妓女的表情心态:"或发娇声唱《擘破玉》等小词,或自相谑浪嘻笑,故作热闹以乱时候,然笑言哑哑声中,渐带凄楚。"(《陶庵梦忆》卷四)强作欢颜,以歌声笑语故作热闹来掩饰,但却掩饰不住内心的痛苦和凄凉,这些可怜的妓女,为了生存想出卖肉体尚不可得,"夜分不得不去,悄然暗摸如鬼,见老鸨,受饿、受笞,俱不可知矣"。张岱对此的观察是何等的细腻准确!

从文化学的角度看,张岱小品最突出的特点是古典文化形态中的贵族文化与民间文化、高雅文化与通俗文化天衣无缝地融为一体。他不是像一般的文人,只是抱着一种猎奇的、居高临下的态度或者仅仅为了寻求某种借鉴的目的来对待民间文化的,不,张岱对于民间文化与通俗文化不仅是积极地认同、主动地参与,而且在他的观念中,这两种文化压根就没有高下贵贱之分的,甚至他有时对于民间文化与通俗文化的兴趣似乎更为强烈。

晚明作家,多接受通俗文学艺术形式的浸染,张岱是一个突出的例子。例如他对于戏曲艺术既喜欢又在行,他的这种嗜好和才能明显受到其父亲的影响。他在《张氏声伎》中说:"我家声伎,前世无之,自大父于万历间与范长白、邹愚公、黄贞父、包涵所诸先生讲究此道，遂破天荒为之。"他家里的戏班就有过"可餐班""武陵班""梯仙班""吴郡班""苏小小班""平子茂苑班"等。在长期的演出与观摩之中，"主人解事日精一日，而傒僮技艺亦愈出愈奇"（《陶庵梦忆》卷四）。他在《过剑门》一文中还说："嗣后曲中戏，必以余为导师，余不至，虽夜分不开台也。以余而长声价，以余长声价之人而后长余声价者多有之。"（《陶庵梦忆》卷七）他自己偶尔也创作戏曲，《远山堂曲品》著录把张岱《乔坐衙》一剧列为"逸品"，说"慧业文人，才一游戏词场，便堪夺王、关之席"。可以说，张岱是一位戏曲鉴赏家、剧作家和导演。

张岱善于写出民间艺术家的风神。如《柳敬亭说书》一篇中写柳敬亭外貌"奇丑"，人称"柳麻子"，"黧黑，满面疤瘤，悠悠忽忽，土木形骸"。然而却是很受欢迎的说书人，"常不得空"，请他说书要提前十天预约。柳敬亭说书要求听众"必屏息静坐倾耳听之"，不然，"辄不言"。他的说书艺术"疾徐轻重，吞吐抑扬，入情入理，入筋入骨"，作者听他说过"景阳冈武松打虎"，多以己意加以再创作，听起来与原书"大异"，但"其描写刻画，微入毫发"，如说武松到酒店里沽酒，店内无人，武松大吼一声，"店中空缸空甏，皆瓮瓮有声"。只一个创造性的细节，武松的英雄形象便扑面而来。张岱称赞这种说书艺术"闲中着色，细微至此"。

张岱的作品也十分注重反映富有活力的民俗和民间文化生活，

表现民间的艺术家，乃至千姿百态的民众生活方式、信仰、价值、爱好以及民间文化那种质朴、单纯、自然乃至粗鄙的风尚。这一切在他的笔下，便构成一幅生动而丰富多彩的晚明江南民俗文化长卷。写人物则贵族、名士、公子、墨客、和尚、货郎、能工巧匠、说书艺人乃至商贾、博徒、名妓、丑妓、嫖客、闲僧、无赖各色人等，毕现笔端；写习俗则有虎丘的中秋夜、扬州的清明节、西湖的七月半、西湖的香市、金山的竞渡、定海的水操、艳冶佳丽的秦淮河；写民间的文化则有"烟焰蔽天，月不得明，露不得下"的"鲁藩烟火"；自达官贵人至老百姓家家有灯棚的"绍兴灯景"，演员在台上走索、翻桌、翻跟斗、蹬坛蹬臼、跳索跳圈、蹿火蹿剑，天神地鬼，牛头马面、鬼母丧门，夜叉罗刹，锯磨鼎镬、刀山寒冰、剑树森罗的"目连戏"……

张岱对民间艺术特别感兴趣，对之评价极高，他说过："一砂罐，一锡注，直跻商彝、周鼎之列，而毫无惭色。"（《陶庵梦忆》卷二《砂罐锡注》）把当时的民间艺术品与上古时期的珍贵文物相提并论。张岱对于民间工匠非常欣赏，在《诸工》文中认为"贱工"不贱，只要他们有一技之长，就完全可与上流社会的"缙绅先生列坐抗礼"，平起平坐。这种思想观念是很开明的，他的小品记录了当时许多民间的能工巧匠出神入化的技巧。

张岱散文切近日常生活，每于寻常琐事娓娓道来，却令人把玩不尽。姚鼐所说的"于不要紧之题，说不要紧之语，却自风韵疏淡"，可移评张岱小品的特点。张岱欣赏柳敬亭说书那种"闲中着色，细微至此"的艺术，这是善于运用生活细节，增加文章的情致。张岱小品也颇得"闲中着色"之妙。如《天镜园》：

天镜园浴凫堂，高槐深竹，樾暗千层，坐对兰荡，一泓漾之，水木明瑟，鱼鸟藻荇类若乘空。余读书其中，扑面临头，受用一绿，幽窗开卷，字俱碧鲜，每岁春老，破塘笋必道此，轻舠飞出，牙人择顶大笋一株掷水面，呼园中人曰："捞笋！"鼓枻飞去。园丁划小舟拾之，形如象牙，白如雪，嫩如花藕，甜如蔗霜，煮食之无可名言，但有惭愧。(《陶庵梦忆》卷三)

天镜园被写得美极了，幽与绿是天镜园的基调，划船载笋的船工一声吆喝"捞笋！"，打破了天镜园的宁静，洋溢着快乐的生活情趣。这犹如一首令人赏心悦目的优美的田园诗，也是一个富有生活情趣的戏剧场面。《金山夜戏》写有一次他心血来潮，半夜带着戏班，来到金山寺的大殿里演戏，一时，锣鼓喧天，全寺的僧人都起来看戏。接着，张岱写了一细节："有老僧以手背揉眼翳，翕然张口，呵欠与笑噎俱至，徐定睛，视为何许人，以何事何时至，皆不敢问。"(《陶庵梦忆》卷一) 这位老和尚的形象多么生动！半夜被吵醒起来半睡半醒的神态，立于纸上。《目连戏》写演出时，万余观众齐声呐喊，"熊太守谓是海寇卒至，惊起，差衙官侦问，余叔自往复之，乃安"（《陶庵梦忆》卷六）。观众的气氛由此熊太守的"惊起"的细节格外逼真，也骤生趣味了。

晚明是高雅艺术与世俗艺术相融合的时代，这种文学的时代特征也体现在张岱的身上。张岱的语言艺术达到了炉火纯青的境界。不论是散语、骈语，还是文言、白话，是雅语、是俗语，皆驱使自如，大多用白描写法，但传神而含蓄。其叙述语言，或典雅明丽，或通俗浅易，如《二十四桥风月》《扬州瘦马》等篇的语言都相当浅俗。又如《宁了》写家中所养一异鸟叫"宁了"，能作人语：

大母呼媵婢，辄应声曰："某丫头，太太叫！"有客至，叫曰："太太，客来了，看茶。"有一新娘子善睡，黎明辄呼曰："新娘子，天明了，起来罢！太太叫，快起来！"不起，辄骂曰："新娘子，臭淫妇！浪蹄子！"新娘子恨甚，置毒药杀之。（《陶庵梦忆》卷四）

这里则已是"俗不可耐"的井市语言了，已似乎是通俗小说语言了。张岱叙述语言的雅与俗，是根据叙述对象和背景而定的，大凡叙述文人的生活则雅，叙述与市井、民俗有关的生活，则酌用俗语。

张岱的语言有很高超的艺术表现力，无论写人物，写景色，一落笔便栩栩如生。他善于用点染之法把握描写对象的神韵。如《金山夜戏》中写月光，只用两句："林下漏月光，疏疏如残雪"，笔墨何其简约，而到了《闰中秋》中写月光则说"月光泼地如水，人在月中，濯濯如新出浴。夜半白云冉冉起脚下，前山俱失，香炉、鹅鼻、天柱诸峰，仅露髻尖而已，米家山雪景仿佛见之"(《陶庵梦忆》卷七)。

周作人在《再谈俳文》中说张岱："他的目的是写正经文章，但是结果很有点俳谐；你当他作俳谐文去看，然而内容还是正经的，而且又夹着悲哀。"张岱在晚明是名士，是纨绔子弟；明亡入清，又成了明朝遗民。因此张岱的作品往往具有风流得意与惆怅痛苦两种不同的况味。这交结起来，就成了张岱散文那种空灵不乏凝重，潇洒和诙谐又间有悲凉的风格。与晚明许多小品作家一样，张岱的小品，多有机锋和谐趣。他喜欢调侃别人也喜欢自我调侃，但这种诙谐是有内涵的，绝不轻浮。如《自题小像》："功名耶落空，富贵耶如梦。忠臣耶怕痛，锄头耶怕重，著书二十年耶而仅堪覆瓮。之人耶有用没用？"句句调侃而语语真诚，语语沉痛。

林泉高致《寓山注》

　　力求从尘嚣缰锁中解脱开来，寻找山水清音、林泉高致正是古来文人雅士们所追求的理想，同时也就产生了大量吟咏山水园林的作品。山水小品与园林小品是两种关系密切而又有所区别的类别。两者相同之处是游玩和评赏，但山水小品的对象是大自然的山水，而园林小品的表现对象则主要是人们创造出来的亭阁楼台等，当然，园林往往也与山水结合在一起。园林艺术的理想境界是妙合自然。

　　晚明写私家园林小品的应以祁彪佳的《寓山注》为代表。崇祯六年，祁彪佳因秉公办事而得罪了当朝首辅周延儒，受到报复，祁彪佳也因此看透了封建官场的黑暗，故在崇祯八年借养母思归，一再奏请辞官，终获批准，从而结束了十多年的仕宦生活，回到秀丽的家乡江阴，并且自己构造起园林，以供隐居。寓山，是作者家乡的一座小山。小时候，他曾与两个哥哥在这里一起"剔石栽松，躬荷畚锸"，"或捧土作婴儿戏"，如今，"偶一过之，于二十年前情事，若有感触焉者。于是卜筑之兴，遂勃不可遏"(《寓山注序》)。在摆脱世网的牵累之后，他为自己构造一种山林泉石的幽静环境。

明清时代，私家园林走向鼎盛，士大夫的筑园之风十分盛行，尤其江南一带更成为园林之薮。寓山处在古人称为山川之丽、万壑千岩的山阴，有非常秀美的自然环境。祁彪佳为了造园，早而出，暮而归，祁寒盛暑，风雨无阻。而且把积蓄都投入其中，他自称因为造园，"两年以来，橐中如洗，予亦病而愈，愈而复病，此开园之痴癖也。"祁彪佳的建园，其实不只为了享乐，他还在花草木石、楼阁亭榭、一丘一壑中寄托着自己某种幽愤之情和对人生的感慨。如在《读易居》中说"自有天地，便有兹山，今日以前，原是嶒嵝寸土，安能保今日以后，列阁层轩，长峙乎岩壑哉？成毁之数，天地不免"。世事沧桑，后之视今，犹今之视昔，寓山园林，岂能长保？未免令人感慨。在《让鸥池》中，作者感叹自己对于风景的欣赏，"终不若轻鸥容与"，它们对于外物，无论是风平浪静，雪练澄泓，还是风波乍起，云涛飞漱，都同样从容欣赏，"不作两观"。相比之下，自愧不如，"翻觉濠濮之想，犹有机心未净"。

园林小记源于山水游记，但表现内容又各不相同。山水游记所述重在奇山秀水，而《寓山注》所记，重在寓山内的园林景物。寓山中的一斋、一室、一轩、一楼、一堂、一廊、一亭、一榭、一阁、一幌、一池、一坞、一桥、一堤、一台、一石、一泉、一径、一渡、一陌、一坡无不成为其取境对象。

园林景色与一般的自然山水不同，它们是在较为有限的空间之中，以人工创造出一个可居可游可赏的生活空间环境，其本身也就是一件体现古典人文理想的艺术小品。中国传统的园林，是以自然山水为景境创作主题的，在创作方法上，与古典绘画相通。郭熙《林泉高致·山水训》说："世之笃论，谓山水有可行者，有可望者，有可游者，有可居者。画凡至此，皆入善品。"同样，造园也讲究可行、可望、可游、可居，即实用与审美的结合。祁彪佳的寓山园林与一般造于城市中的园林不同，它本身便是融于自然之中的。所以虽是人工的园林，较易得自然之趣。

《寓山注》的写作特点也就在于妙合自然，其园林空间有限，但在其笔下，意境却十分幽远，予人以宛若山林的感受。他所采用的方法，与晚明造园理论大师计成《园冶》提出的"借景"理论是相通的。他说"寓之为山，善能藏高于卑，取远若近"。如铁芝峰，只不过一小阜，"从园外望，渺焉一丘"。而祁彪佳写铁芝峰则写"登峰眺览，觉云气霞光，都生足底"（《铁芝峰》）。《远山堂》写堂处园中"在几案间，日取石气云乳，作朝夕饱餐"。"北面旷览，见渺渺数山，浮宕于秋净天空之外。"故小小的园林而使人有置身大自然的岩壑林泉之感。而《远阁》一文，则进一步开阔亭阁空间与时间的意义：

阁宜雪、宜月、宜雨，银海澜回，玉峰高并，澄晖弄景。俄看濯魄冰壶，微雨欲来，共诧空濛山色，此吾阁之胜概也。然而态以远生，意以远韵，飞流夹嶕，远则媚景争奇；霞蔚云蒸，远则孤标秀出。万家烟火，以远，故尽入楼台；千叠溪山，以远，故都归帘幕。

若夫村烟乍起，渔火遥明，蓼汀唱欸乃之歌，柳浪听睍睆之语，此远中之所孕舍也；纵观瀛峤，碧落苍茫。极目胥江，洪潮激射。乾坤直同一指，日月有似双丸，此远中之所变幻也；览古迹依然，禹碑鹄峙。叹霸图已矣，越殿乌啼。飞盖西园，空怆斜阳衰草。回筇兰渚，尚存修竹茂林。此又远中之所吞吐。而一以魂消，一以怀壮者也。盖至此而江山风物，始备大观。觉一壑一邱，皆成小致矣。

这里有限的空间景象，包涵了无限的空间意境，这是因为它不仅把园林与园外的自然连为一气，而且与足以"魂消"和"壮怀"的历史文化联系起来，从而拓广了园林亭榭的自然与文化意义。这种写法就不仅是借景，而且也借助于历史了。

《寓山注》的篇幅都很短小，作者以十分简约传神的文笔，描绘出一幅幅情韵悠长的写意小品，在有限的自然空间中，给人以无限自然的感受：

一水环回，飞清激素。每至菡萏乍吐，望踏香堤，如长虹吸海，

带万缕赤霞，与波明灭。(《呼虹幌》)

两池交映，横亘如线，夹道新槐，负日俯仰。春来士女联袂踏歌，屐痕轻印青苔，香汗微醺花气。(《踏香堤》)

从踏香堤望之，迥然有台。盖在水中央也。翠碧澄鲜，空明可溯。每至金蟾蠡浪，丹嶂迥清，此台乍无乍有。上下于烟波雪浪之间，环视千柄芙蓉。又似莲座庄严，为众香涌出。(《浮影台》)

这真是赏心悦目，美不胜收。作者不但写出景色的风情和魅力，而且在其中也表现了作者对生活理想与生活情趣的追求，寄托了自己的殷殷情愫。作者的语言表现能力高超，一丘一壑，都别有风致和个性，便是一处小景，在他的笔下，也别有风韵。如《松径》写在园中造一小径：

园之中不少娇娇虬枝，然皆偃蹇不受约束。独此处俨焉成列，如冠剑丈夫鹄立通明殿上。予因之疏开一径，"友石榭"所繇以达"选胜亭"也。劲风谡谡，入径者六月生寒。迎门一松，曲折如舞。共诧五大夫何妩媚乃尔。径旁尽植草花，红紫杂古翠间，如韦文女嫁骑驴老叟，转觉生韵。

一条寻常所见的松径，到了作者笔下，便有无限情趣。尤其把古翠松树与红紫花草相伴，比喻为"韦文女嫁骑驴老叟"顿生谐趣，可见其文笔之活泼灵动。张岱《跋寓山注》说祁彪佳的《寓山注》"不事铺张，不事雕绘，意随景到，笔借目传，如数家物，如写家书，如殷殷诏语家之儿女僮婢。闲中花鸟，意外烟云，真有一种人不及知，而己独知之之妙"。这种评价是十分准确的，而正因为作者和所记的景物之间有亲如密友的情感，对之有一种"人不及知，而己独知之之妙"，有一种独特的感受，故一旦形诸笔下，就能意随景到，笔借目传。书中写景原有"一丘一壑，皆成小致"之语，正可移评此书自身的风格特点。

祁彪佳所造的园林不全是亭阁楼台，他也注意营造一种农村生活情调。《豳园》中叙述他开垦土地以种桑，种梨、橘、桃、李、杏、栗，在树下种紫茄、白豆、甘瓜和红薯。故常咏陶渊明的诗"欢言酌春酒，摘我园中蔬"。以追求诗经中《豳风》所描述农村生活的风致，故此处称为"豳园"。在"豳园"附近，还特地造了"抱瓮小憩"，供仆人休息，"主人亦时于此摘蔬啖果实。倚徙听啼鸟声，大有村家况味"。此外的《丰庄》一文：

庄与园，似丽之而非也。既园矣，何以庄为？予筑之为治生处也。出园北，折渡小桥，迤堤而门。绿畴在望。每对田夫相恩劳，时或课妇子，挈壶榼往饷之。取所馀酒食啖野老，共作田歌，呜呜

互答。堂之后为场圃，十月纳禾稼。邻火相春，荐新粳，增老母一
匕箸。及蚕月，偕内子以居焉，采桑采蘩。女红有程课，场圃旁各
数楹，栖耕作者，养鸡牧豕，鸡犬之声，达于四野。学稼学圃，予
将以是老矣。堂之西有丙舍三，他日为儿子读书处。读书于此，兼
欲令其知农家苦。

从此处看来，他与那些富人达官的造园供消遣愉悦并不完全相同，
像造丰庄的目的就是"筑之为治生处也"。他自己参加一些劳动，和
农夫野老也颇为亲近，他还设想让儿子在此读书，也让他知道稼穑
之艰难。这里所刻画的情境，的确类似于陶渊明隐归田园的生活，
自有一种质朴淳厚的野趣。与晚明一批为数不少的那些"志深轩冕，
而泛咏皋壤；心缠几务，而虚述人外"的名士山人，是有所不同的。

　　张岱《跋寓山注》赞扬祁彪佳的《寓山注》融合了前人山水记
的妙处：

　　古人记山水手，太上郦道元，其次柳子厚，近时则袁中郎。读
《注》中遒劲苍老，以郦为骨；深远冶淡，以柳为肤；灵巧俊快，以
袁为修目灿眉。立起三人，奔走腕下。

这里高度评价了祁彪佳《寓山注》的艺术成就，说它兼有郦道元、

柳子厚和袁中郎三人山水游记之妙。语气虽略有夸张，但祁彪佳的园林小品风格的确兼有遒劲、深远和清新之美。

在晚明，不少山水游记或园林小记受竟陵派的影响，而《寓山注》的文笔清新流利，风格则较近于袁中郎。从《寓山注》的语言也可以看出一些袁中郎的影响。如《芙蓉渡》中写孤峰玉女台"方在众香国酣醉群芳，忽然隐隐环佩，意是杜兰香、叶绿华辈骑青鸾，步云气，从群玉峰头姗姗其来迟耶"？接着说："盖犹陈思王初遇洛神时，欲著一语不得耳。"此比喻正是从袁中郎《初至西湖记》中"此时欲下一语描写不得，大约如东阿王梦中初遇神时也"一语来的。

壮士情怀徐霞客

晚明的游记中，称得上皇皇巨著的当然是《徐霞客游记》了。钱谦益《嘱徐仲昭刻游记书》说："唯念霞客先生游览诸记，此世间真文字、大文字、奇文字，不当令泯灭不传。"又《嘱毛子晋刻游记书》："徐霞客千古奇人，《游记》乃千古奇书。"又作《徐霞客传》，称《徐霞客游记》"当为古今游记之最"。

徐霞客的旅行及其游记在历史上可谓前无古人。就旅行而言，虽然在徐霞客之前，唐代的玄奘和明代的郑和他们的足迹都远至海外，但他们毕竟是为了宗教或政治的目的，而且还受到政府的支持，而徐霞客的旅行，则毫无政治和宗教或其他功利的目的，纯粹是为了科学考察。在明代，绝大多数文人都奔着科举做官这条道路，徐霞客虽曾受挫于科举，但以他的才华如稍加时日，持之以恒，仍很有成功的机会。退一步说，如果不参加科举的话，他也完全可以像陈眉公一样，安安逸逸地当个山人、隐士、名流，可是徐霞客却选择了旅行这种在当时完全是既无功无利又相当危险的事业。他有与世俗不同的独特的人生理想，为了实现这个理想，他不计功利得失，愿意以自己的血肉，酬付与祖国的壮丽山川，这是何等的豪迈和悲壮。从这点看，徐霞客是中国文人中的真正精英，尤其是在人欲横流的时代，徐霞客更显得崇高和可敬。

潘耒在《徐霞客游记》的序中说，一般文士之游，只是"近游""浅游""便游""群游"，而徐霞客之游则完全不同，他一生所涉历，手攀星岳，足蹑遐荒，其旅游不从大道，只要有名胜，就迂回屈曲去访寻。每游必先审视山脉如何去来，水脉如何分合，既得大势，然后一丘一壑，支搜节讨。其登山不必有径，涉水不必有津。荒榛密棘，急流恶泷，皆阻隔不了其探险的行程。其旅行绝不是一种消闲，而是一种十分艰苦的历程，瞑则寝树石之间，饥则啖草木之实，不避风雨，不惮虎狼，不惧强盗，不计程期，不求伴侣。这种游，称得上"以性灵游，以躯命游"。在种种艰难困苦面前，表现出惊人的毅力和非凡的精神。像这样的游，古往今来，徐霞客一人而已！故《徐霞客游记》没有一般记游之作那种随兴而至、兴尽而返的名士气，却充溢着一种征服自然、不畏艰险的壮士情，时时展现着一般人所领略不到的美。

徐霞客并不是游记的创始者，中国人自古热爱大自然，古人称"智者乐水，仁者乐山"，魏晋以后，特别是六朝的文人雅士多登临胜景，并吟诗作文，于是山水诗文勃然而兴。而自唐以后，山水游记更是不可胜数。但是在徐霞客之前的文人，他们写游记往往都是寻找一种精神寄托，以山水游记发牢骚，而不是一种科学的探索。像这种以毕生精力专事于游记著述，而成为篇幅如此巨大、内容如此丰富的著作者，乃古来第一人。他以科学家和艺术家的眼光，对于各种景观作了全方位的观察，上下左右，俯瞰仰望，既状其形，又摄其神，大笔濡写，细笔钩摹，笔笔生色。于是一个个缤纷多彩的景观如同一幅幅美妙动人的画卷，随着作者的进程和考察的眼光，依次打开，不断延伸，连续组接，构成一幅绵延万里的锦绣山河图。这也是《徐霞客游记》高出前人游记之处。

徐霞客具备了游记大家的两大素质："锐于搜寻"和"工于摹写"（见《四库全书总目》《徐霞客游记》提要）。前者需要一种科学的态度，后者则需要一种文学的才能，而徐霞客正兼有科学家与文学家的双重才华。《滇游日记十》对腾越州硫磺塘的描写：

一池大四五亩，中洼如釜，水贮于中，止及其半，其色浑白，从下沸腾，作滚涌之状，而势更厉；沸泡大如弹丸，百枚齐跃而有声，其中高且尺余，亦异观也……溯小溪西上，半里，坡间烟势更大，见石坡平突，东北开一穴，如仰口而张其上腭，其中下缩如喉，水与气从中喷出，如有炉橐鼓风煽焰于下，水一沸跃，一停伏，作呼吸状。跃出之势，风水交迫，喷若发机，声如吼虎，其高数尺，坠涧下流，犹热若探汤；或跃时，风从中卷，水辄旁射，揽人于数尺外，飞沫犹烁人面也。余欲俯窥喉中，为水所射，不得近。

这种描写有声有色，诉诸人们的视觉、听觉、触感，似乎是一篇现场的新闻报道，给人一种非常强烈、真实的感受，有一种震撼人心的力量。只有具有精确科学眼光的人才能如此观察细致；只有具高度文学表现力的人才能如此形象生动地再现出来。

《徐霞客游记》在艺术上最大的特点便是真实。徐霞客所记，都是付出巨大代价而亲身体验和经历的，其形容物态，摹绘情景，皆凿凿可稽，绝无虚语和妄语。人们读之，虽越数千里之远，隔数百年之后，高山大川，怪木奇才，瘴风酷暑，淫霖狂飓，无不历历于眉睫之前。徐霞客的沉实风格正是与晚明一般文人的浮躁、轻浅文风形成强烈的对比。

徐霞客前后期游记的风格存在一些差异。徐霞客的旅行可分为前后两个时期。前期自二十二岁起到五十一岁二十九年，在这段时间，徐霞客断断续续地游览许多名山大川，其目的主要是搜奇探胜，此时期共有游记十七篇，篇幅只占全部游记的十分之一。后期则是五十一岁以后的西南之行，从江阴出发，到了云南，历时四年，才回到家乡。现存的《徐霞客游记》，绝大部分是后期所写的。前期的游记，所游大多是已经开发的风景名胜，二十九年的时间仅存五万字的十七篇游记，而且作者有较为安定的环境、宽裕的时间，可以从容地写作，可以字斟句酌，着意地修辞和修改。假如我们是从文学艺术创作的角度来看的话，前期的游记如《游天台山日记》《游雁宕山日记》《游黄山日记》《游武夷山日记》《游庐山日记》《游太华山日记》等篇章，都显得较为精到，构思严密、文采斐然，情韵深永，与晚明诸公的大多游记并无太大的差异。

徐霞客后期旅行的写作条件是相当恶劣的，大多游记是在跋山涉水之后饥渴疲惫之时挤时间写成的，当然也就难有时间精力去着意摹写，所以的确风格朴素，不事矫饰，既然许多是随手的记录，其中也就不无琐碎或是粗率之处；而且其目的又是为了科学考察，其记录也就不求文采而以准确和细致为第一义，故文辞繁委，质实详密，如果只从文学的角度来看，也就未必篇篇都很有可读性了。不过若从科学考察游记的角度来读，则后期的游记有更大的科学价值，也就更有可读性了。对于徐霞客前后期的游记，应有不同的欣赏眼光。如《滇游日记十一》记水帘洞一段：

水帘洞在桥西南峡底，倚右岭之麓，幽闷深阴，绝无人行。初随流觅之，傍右岭西南，行荒棘中三里，不可得；其水渐且出峡，当前坳尖山之陬矣。乃复转，回环遍索，得之绝壁下，其去峡底桥不一里也，但无路影，深阻莫辨耳。其崖南向，前临溪流，削壁层累而上，高数丈。其上洞门岭岈，重复叠缀，虽不甚深，而中皆旁通侧透，若飞甍复阁，檐牖相仍。有水散流于外，垂檐而下；自崖下望之，若溜之分悬；自洞中观之，若帘之外幕；"水帘"之名，最为宛肖。洞石皆棂柱绸缪，缨幡垂扬，虽浅而得玲珑之致，但旁无侧路可上，必由垂檐叠复之级，冒溜冲波，以施攀跻，颇为不便。若从其侧架梯连栈，穿腋入洞，以睨帘之外垂，只中观其飞洒，而不外受其淋漓，胜更十倍也。崖间有悬干虬枝为水所淋漓者，其外皆结肤为石，盖石膏日久凝胎而成；即片叶丝柯，皆随形逐影，如雪之凝，如冰之裹，小大成象，中边不欹，此又凝雪裹冰，不能若是之匀且肖者也。余于左腋洞外得一垂柯，其大拱把，其长丈余，其中树干已腐，而石肤之结于外者，厚可五分，中空如巨竹之筒而无节，击之声甚清越。余不能全曳，断其三尺，携之下，并取枝叶之绸缪凝结者藏其中，盖叶薄枝细，易于损伤，而筒厚可借以相护，携之甚便也。

水帘之西，又有一旱岩。其深亦止丈余，而穹复危崖之下，结体垂象，纷若赘旒，细若刻丝，攒冰镂玉，千萼并头，万蕊簇颖，有大仅如掌，而笋乳纠缠，不下千百者，真刻楮雕棘之所不能及！余心异之，欲击取而无由，适马郎携斧至，借而击之，以衣下承，得数枝。取其不损者二枝，并石树之筒，托马郎携归玛瑙山，俟余还取之。

这段描写水帘洞的文字，十分详尽，寻找水帘洞的途径和过程、此洞的方位、地点与特点和命名的原因，此石灰岩溶洞中及周围的各种石笋、石钟乳的形状和构成原因，如何采石笋、如何带石笋等，无不一一交代清楚。如从纯文学性的游记来看，似乎有些琐碎；但从科学考察的角度来看，这种文笔却是十分精彩的，其精确和详细的记录，让我们似乎也可以按图索骥，而这种描写又绝不是枯燥的现象罗列，而是有其艺术表现力和感染力的，展现了大自然的鬼斧神工。他对于石钟乳的描写，"悬干虬枝为水所淋漓者，其外皆结肤为石，盖石膏日久凝胎而成。即片叶丝柯，皆随形逐影，如雪之凝，如冰之裹"，这种描写不但相当形象，而且对于石钟乳的成因解释也很有科学眼光，这正是一般文学家所难以达到的。

《徐霞客游记》的价值还在于记游所体现出来的崇高的人格力量。其游记时而秀丽，时而雄奇，尽得山川佳胜之妙，而字里行间作者那不辞辛劳、风尘仆仆的身影，了然可辨。在早期的旅行中，徐霞客就有一种寻幽穷奇的冒险精神。如他在冬季登黄山的天都峰，冰雪覆盖着险峻的山径，坚滑无比，寸步难行。而徐霞客偏"独前，持杖凿冰，得一孔，置前趾，再凿一孔，以移后趾"。终于攀上天都峰，使被大雪困在山中三月的和尚们大为吃惊。(《游黄山日记》)而后期的旅行途上更是险象环生，常常有生命之虞。徐霞客在旅行中考察过三百多个岩洞，在当时，工具还相当落后，全靠手脚攀登，洞穴考察往往十分危险。《滇游日记·九》中有一段写他在游南香甸时，发现石房洞，遂冒险登山的经过：

先是余望此巉崒之峰，已觉其奇，及环其麓，仰见其盘亘之崖，层耸叠上，既东转北向，忽见层崖之上，有洞东向，欲一登而不见其径；欲舍之，又不能竟去，遂令顾仆停行李，守木胆于路侧，余竟仰攀而上。其上甚削，半里之后，土削不能受足，以指攀草根而登。已而草根亦不能受指，幸而及石，然石亦不坚，践之辄陨，攀之亦陨。间得一少粘者，绷足挂指，如平帖于壁，不容移一步。欲上既无援，欲下亦无地；生平所历危境，无逾于此。盖峭壁有之，无此苏土；流土有之，无此苏石。久之，先试得其两手两足四处不摧之石，然后悬空移一手，随悬空移一足，一手足牢，然后悬空又移一手足，幸石不坠；又手足无力欲自坠，久之，幸攀而上，又横帖而南过，共半里，乃抵其北崖，稍循而下坠，始南转入洞。

这次攀登，困于悬崖之上，"进亦忧，退亦忧"，徐霞客称"生平所历危境，无逾于此"。最终上得山去，然而下山时从悬崖上溜下来，更是一番惊心动魄的经历："出洞，循崖而北，半里，其下亦俱悬崖无路，然皆草根悬缀，遂坐而下坠，以双足向前，两手反向后揣草根，略逗其投空之势，顺之一里下，乃及其麓，与顾仆见，若更生也"。

（《徐霞客游记》卷八下）作者为了观察一个山洞，竟冒着生命危险去攀援。而在这过程中，每一刻都可能丧生，文中所述，似乎是一出险象环生的惊险电影。这里给我们感受最深的，当然还不是作者那生动、形象的描述险情的文笔，而是在文中所体现的那种冒险精神。在传统的文人之中，有此冒险精神与英雄气质的确实太少了。

徐霞客后期的一些游记，往往于琐细、平常和朴素的记录中，流露出相当深挚动人的感情。如己卯（1639年）七月，徐霞客在云南的腾越地区，当时离家已四年，朋友俞禹锡有仆人准备回家乡，要帮他带家书回去。徐霞客在《滇游日记十一》中记载：

余念浮沉之身，恐家人已认为无定河边物；若书至家中，知身犹在，又恐身反不在也，乃作书辞之。至是晚间不眠，仍作一书，拟明日寄之。

寥寥数语，却有几番转折；如此平淡的口气，却表达了非常复杂的感情。万语千言，尽在此寄与不寄的踌躇之中矣。古来关于家书有过许多动人诗文，此则日记，可列入其中。

隽永简约清言体

"清言"一词，原意是清谈，指清雅、玄妙的言谈、议论，在晚明时代，"清言"不仅是文人雅士清远玄逸的口头语言，而且也是一种精致而优美的格言式的小品。

虽然清言只是片言只语，却相当集中地反映了晚明文人的意绪、情趣和心态，是表达他们所追求的人生理想、道德理想甚至艺术理想的非常合适的文体。也许理想的憧憬和追求正反映出现实的缺陷与遗憾，从这个角度说，清言世界是晚明文人的"浊世清梦"——一种他们所追求而难以实现的理想或者正远离他们而去的现实。

清言小品的思想内容广泛复杂，大凡人生哲理、世态炎凉、诗文书画、山川水月、泉石烟霞、花草虫鱼无所不具，而其最突出的思想倾向则是表现了晚明文人受到老庄与禅宗影响而追求超尘绝俗的清高之趣与隐逸之风。

晚明时代心学与禅学混为一体，禅悦之风对于文人们思想、心态乃至文学艺术创作都产生了巨大影响。这在清言小品中表现得尤其充分。屠隆的《娑罗馆清言》与《续娑罗馆清言》就开创了演绎庄禅意趣的清言传统。屠隆清言充满人生如梦的感叹："三九大老，紫绶貂冠，得意哉，黄粱公案；二八佳人，翠眉蝉鬓，销魂也，白骨生涯。"（《清言》）名利声色，总是南柯一梦过眼烟云，因此人们必须抛弃对于富贵的羡慕与追求，过得清净自足的生活。"常想病时，则尘心渐灭；常防死日，则道念自生。风流得意之事，一过辄生悲凉；清真寂寞之乡，愈久转增意味。"（《续清言》）所以最理想的是过着无忧无虑的隐逸生活。"道上红尘，江中白浪，饶他南面百城；花间明月，松下凉风，输我北窗一枕。"（《清言》）这些清言从各方面来阐释老庄、佛教那种人生如梦、人生如幻的思想。

《菜根谭》是晚明清言的集大成者，它熔儒道释三家于一炉，加上作者自己对于人生的体验和思考，带有更为浓郁的晚明色彩。"山河大地已属微尘，而况尘中之尘；血肉身躯且归泡影，而况影外之影。非上上智，无了了心。"这些清言庄禅的意味很浓。又如："阶下几点飞翠落红，收拾来无非诗料；窗前一片浮青映日，悟人处尽是禅机。""孤云出岫，去留一无所系；朗镜悬空，静躁两不相干。""宠辱不惊，闲看庭前花开花落；去留无意，漫随天外云卷云舒。"（《菜根谭》）在这些清言中，生活情景与自然风物总是充溢着清静无为、空虚淡泊的情趣与禅机。

唐宋以后，文人与士大夫创造了一种以消闲遣兴、修身养性为目的的艺术化生活方式，这种生活方式到了晚明被发挥得淋漓尽致。晚明艺术化的生活风气，主要反映了晚明文人在庄禅之风的影响下，追求现世的生活与人间的乐趣，同时这种世风也折射了当时严酷的社会现实。晚明社会的腐败、政治的黑暗，不但使早先像徐渭和李贽所具有的那种狂狷的精神受到挫折，也使多数文人逐步失去了对于现实与政治的热情关切，既然外部社会现实是如此的混乱和俗气、喧杂而危险，是如此的无奈，那么人们自然而然地喜欢营造和退缩到一个属于自己的安全舒适、平静雅致的精神乐园。于是与世对立的抗争成为与世浮沉的混沌或远离尘世的超脱，斗士的狂放演化为名士的清言清赏，狂悖、忧郁、苦闷、愤慨转化为逍遥自适。李鼎《偶谭》说：

诗思在霸陵桥上，微吟就，林岫便已浩然；野趣在镜湖曲边，独往时，山川自相映发。

茅檐外，忽闻犬吠鸡鸣，恍似云中世界；竹窗下，雅有蝉吟鸦噪，方知静里乾坤。

杏花疏雨，杨柳轻风，兴到忻然独往；村落浮烟，沙汀印月，歌残倏尔言旋。

这些描写，具有强烈的艺术魅力，它们以简约对称的语言，描绘出文人种种理想的生活景象，犹如一幅幅清雅澹远的文人写意画。这些画面的背景，无不是大自然美妙的景色，而其中主人公所表现的又无不是与物熙和、澄怀涤虑、修洁脱俗的格调。

清言中流露出来强烈的幻灭感和末世意识也颇有时代色彩。在这方面，《菜根谭》比较有代表性。"狐眠败砌，兔走荒台，尽是当年歌舞之地；露冷黄花，烟迷衰草，悉属旧时争战之场。盛衰何常，强弱安在？念此令人心灰。"又如汤传楹《闲余笔话》所说的："天下不堪回首之境有五，哀逝过旧游处，悯乱说太平事，垂老忆新婚时，花发向陌头长别，觉来觅梦中奇遇；未免有情，感均顽艳矣。然以情之最恶者言之，不若遗老吊故国山河，商妇话当年车马，尤为悲悯可怜。"令人不免有"亡国之音哀以思"之预感。晚明文人所追求的闲适超脱，往往与这种末世的悲凉和苦涩交织在一起，故与其他时代比如唐宋文人的闲情逸致有明显不同的况味。

世态炎凉，这是文学反映的传统内容，但在晚明这个社会动荡时代人们对此有更深的感受。何伟然说："观变态之极幻，则浮云转有常情；咀世味之皆空，则流水转多浓旨。"（《呕丝》）这世态让人悲伤，"说不尽山水好景，但付沉吟；当不起世态炎凉，唯有闭户"。（《小窗自纪》）徐学谟的《归有园塵谈》最精粹之处，是对于世态人生的透彻论述，他往往是用非常冷峻深刻的眼光来剖析世态炎凉的："炎凉之态，处富贵者更甚于贫贱；嫉妒之念，为兄弟者或狠于外人。""谦，美德也；过谦者，多怀诈。默，懿德也；过默者或藏奸。""淫奔之妇，矫而为尼；热中之夫，激而入道。"可以看出徐学谟老于世故，他善于透过各种社会现象看到本质，或解释各种现象产生的内在原因。他对于世态炎凉似有很深的感受："颜随势改，升降顿殊；气逐时移，盛衰立见。"他还提供一些人生的策略："当得意时，须寻一条退路，然后不死于安乐；当失意时，须寻一条出路，然后可生于忧患。"这大概是徐学谟从多年的官场中总结出来的人生智慧吧。

清言小品的艺术形式，渊源久远，甚至可以追溯到先秦典籍，《论语》《老子》中的一些格言，如"智者乐水，仁者乐山。智者动，仁者静。智者乐，仁者寿"（《论语·雍也》）。"天下皆知美之为美，斯恶已；皆知善之为善，斯不善已。"（《老子·二章》）"天地不仁，以万物为刍狗；圣人不仁，以百姓为刍狗。"（《老子·五章》）又如《系辞》："日往则月来，月往则日来，日月相推而明生焉；寒经则暑来，暑经而寒来，寒暑相推而岁成焉。"这些经典语言片断已经颇有清言形态，而《世说新语》中所辑录的魏晋人的许多高言旷语，更有清言的意味。另外从文体史发展的角度来看，传统文体中的"连珠""箴""规""戒"这些短小的格言多是骈语，朗朗上口，工整易记，也可以看作是清言的先声。

清言在形式上与其他传统散文文体有明显的区别——它不是

"文"而只是"言"：它并非文章，无需起承转合、篇章法度，没有集中的题目，没有抒情的主题，既无需故事情节，也无需人物形象，它们往往只是片言只语的随感录，但却是深思熟虑的人生经验或人生哲理的思考，短小简约而风格高雅隽永。清言创作构思形式与诗歌更为相近。李鼎在《偶谭》自序说："李生掩关山中，阒然无偶，既戒绮语，绝笔长篇，兴到辄成小诗，附以偶然之语，亦云无过三行，盖习气难除，聊用自宽耳。"这里所说的"偶然之语""无过三行""聊用自宽"云云，都是清言小品创作的典型特点。清言创作十分自由，既可以自行创作，也可以是对前人言语的提炼和改造，如陈眉公的《读书十六观》便是引用前人关于读书的名言而予以清言的形态，如引南宋倪思语："松声、涧声、山禽声、夜虫声、鹤声、琴声、棋子落声、雨滴阶声、雪洒窗声、煎茶声、皆声之至清者，而读书声为最。"虽是他人之语，一经慧眼，便成清言。

清言小品，介于诗歌、散文之间，既是诗化的散文，也是散文化的诗歌。清言的语言艺术特色兼诗歌意境、骈文风韵与散体气势于一身，朗朗上口，易于记诵与传播。

清言的艺术特色首先是它以富有表现力的语言构造诗的意境，显得简练而深刻，隽永而精美，令人回味无穷："杨柳岸，芦苇汀，池边须有野鸟，方称山居；香积饭，水田衣，斋头才著比丘，便成幽趣。"(《清言》)"半窗一几，远兴闲思，天地何其寥阔也；清晨端起，亭午高眠，胸襟何其洗涤也。"（彭汝让《木几冗谈》）"水色澄鲜，鱼排荇而径度；林光潋滟，鸟拂阁以低飞。曲径烟深，路接杏花酒舍；澄江日落，门通杨柳渔家。"（《清言》）无论是自然景观还是文人的生活情景，在清言中都被赋予了强烈的诗意。清言所津津乐道的是令人向往的幽静世界，而在越来越嘈杂迫仄的社会中，这个清言世界无疑越发令人感到可望而不可求："竹篱下，忽闻犬吠鸡鸣，恍似云中世界；芸窗下，雅听蝉吟鸦噪，方知静里乾坤。""林间松韵，石上泉声，静里听来，识天地自然鸣佩；草际烟光，水心云影，闲中观去，见乾坤最上文章。"（《菜根谭》）这些诗化语言构成一种相当灵动的艺术意境和强烈的艺术感染力，使读者似乎在欣赏自然的松韵石声、水心云影之中，超然妙悟。晚明文人在清言中所表现出来的敏锐的审美悟性和高超的艺术表现力的确令人叹服，这正是清言艺术最具魅力之处。

清言的语言往往融合骈文之韵与散文之气，高雅整饬而又灵动畅达。《四库全书总目》卷一二五《爨下语》的提要说它："每条俱以偶语联比成文，颇似格言而多杂以委巷之语。"这可以说也是清言的语言形式特点，所谓"以偶语联比成文"，也就是用对偶的方式，连缀成文。清言的语言是相当灵活多变的，有些清言纯用骈文句法，如："临池独照，喜看鱼子跳波；绕径闲行，忽见兰芽出土。"（《清言》）"楼前桐叶，散为一院清阴；枕上鸟声，唤起半窗红日。"（《清言》）"茶熟香清，有客到门可喜；鸟啼花落，无人亦是悠然。"（《清言》）"委形无寄，但教鹿豕为群；壮志有怀，莫遣草木同朽。"（《小窗自纪》）有的则用比较自由的对偶句，比如"白云冉冉，落我衣裾，闻村落数声，酷似空中鸡犬；皓月娟娟，入人怀袖，听晚风三弄，恍如天外鸾凤"（倪允昌《光明藏》）。清言往往是骈散兼用，而多用骈语。不过，清言虽用骈语，但却与传统骈文的文体风格有很大的差异。骈文比较重视辞藻之华艳、色彩之浓郁，讲究用典、声律，故风格华丽；清言虽多偶句，但比较生活化，少用典故，风格更为自然清新、流畅自由。"山林是胜地，一营恋便成市朝；书画是雅事，一贪痴便成商贾。盖心无染著，欲境是仙都；心有系恋，乐境成悲地。"（《菜根谭》）读起来，如行云流水，自如无碍。清言的语言相当自由，有时可用近乎律诗或词曲的句式来作偶句。"座上有琴尊，燕来燕去皆朋友；山中无历日，花开花落也春秋。"（倪允昌《光明藏》）"破除烦恼，二更山寺木鱼声；见彻性灵，一点云堂优钵影。"（《偶谭》）"鸟惊心，花溅泪，怀此热肝肠，如何领取得冷风月；山写照，水传神，识吾真面目，方可摆脱得幻乾坤。"（《菜根谭》）"清斋幽闭，时时暮雨打梨花；冷句忽来，字字秋风吹木叶。"（《小窗自纪》）当然，晚明不少清言作品，也并非骈体，比如陈眉公的清言便多用散体，在体制上更接近《世说新语》。

就语言风格而言，晚明清言也存在着雅俗两种审美观念的合流。

旨永神遥明小品

一方面是诗化的语言，极力营造艺术意境，同时也可以用相当通俗化的语言，也就是《四库全书总目》所说的"多杂以委巷之语"，如《小窗自纪》："绝好看的戏场，姊妹们变脸；最可笑的世事，朋友家结盟。""呜呼！世情尽如此也。作甚么假，认甚么真，甚么来由，作腔作套，为天下笑。看破了都是扯淡。"《菜根谭》："富贵的一世宠荣，到死时反增了一个恋字，如负重担；贫贱的一世清苦，到死时反脱了一个厌字，如释重枷。"对偶的形式是一种文雅的修辞方式，而这里却是以对偶形式来编排白话俗语，语言上有一种特别的谐趣。总之，文白并用，雅俗相兼，经典之语，市井之言，皆可熔于一炉，其风格整饬而又灵动，雅致而又通俗，这可以说是晚明清言小品的语言形式特点。

闲情逸韵清赏篇

清供、清玩、清赏这类生活情趣，自宋代以后就开始出现了，如宋代的林洪就著有《山家清供》《山家清事》一类的书，但到了晚明，清玩清赏清供形成一种普遍的风气。所谓清供、清玩和清赏其本质便是把生活中的每个细节都艺术化，在日常生活中营造或寻找一种古雅的文化气息和氛围。从山水园林、风花雪月、楼台馆阁，乃至膳食酒茶、文房四宝、草木虫鱼、博弈游戏、器物珍玩等事物上，获取清玩清赏的生活文化的精神。基于这种文人生活，所以晚明产生了大量有关清玩清赏的小品文。

晚明文人的清赏往往与养生相联系。在这方面，高濂的《遵生八笺》最为详尽，也最有代表性。高濂，字深甫，钱塘人。《遵生八笺》洋洋近百万字，堪称古代养生艺术的集大成之作。《四库全书总目》说此书"不出明季小品积习，遂为陈继儒、李渔等滥觞"（卷一二三）。这种评价虽带贬义，却说出此书的特点及其在文学方

　　　　　　　　　　旨永神遥明小品

面的影响。

《遵生八笺》中有大量优美的"闲适消遣"的小品文,历来文学研究者很少涉及此书,大概因为此书是谈养生之道的。不过古人往往把艺术化作为养生的一种重要方式。我们举"四时调摄笺"为例。此笺以四时幽赏作为养生之道。比如春时的幽赏是:孤山月下看梅花、八卦田看菜花、虎跑泉试新茶、保俶塔看晓山、西溪楼啖煨笋、登东城望桑麦、三塔基看春草、初阳台望春树、山满楼观柳、苏堤看桃花、西泠桥玩落花、天然阁上看雨、临水观鱼;秋时的幽赏是:西泠桥畔醉红树、宝石山下看塔灯、满家巷赏桂花、三塔基听落雁、胜果寺月岩望月、水乐洞雨后听泉、资岩山下看石笋、北高峰顶观海云、策杖林园访菊、乘舟风雨听芦、保俶塔顶观海日、六和塔夜玩风潮。作者又用隽永的语言详列四时种种幽赏的方式、方法、内容及其特点,每一则都是清雅的小品文。如:

步山径野花幽鸟:山深幽境,真趣颇多。当残春初夏之时,步入林峦,松竹交映。遐观远眺,曲径通幽。野花隐隐生香,而嗅味恬淡,非檀麝之香浓;山禽关关弄舌,而清韵闲雅,非笙簧之声巧。此皆造化机局,娱目悦心,静赏无厌。时抱焦桐向松阴石上,抚一二雅调,萧然景会,幻身是即画中人物。远听山村茅屋傍午鸣鸡,伐木丁丁,樵歌相答。经丘寻壑,更出世外几层。此景无竞无争,

足力所到，何地非我传舍，又何必与尘俗恶界，区区较尺寸哉？（《遵生八笺》卷四）

山窗听雪敲竹：飞雪有声，惟在竹间最雅。山窗寒夜，时听雪洒竹林，淅沥萧萧，连翩瑟瑟，声韵悠然，远我清听。忽尔回风交急，折竹一声，使我寒毡增冷。暗想金屋人欢，玉笙声醉，恐此非尔所欢。（《遵生八笺》卷六）

以上两则，分别描写夏、冬两季的幽赏。总之，一年四季，都有其可以幽赏的良辰美景，关键是要有发现美的眼光和悠闲的心境。《遵生八笺》的卷十四至卷十六为《燕闲清赏笺》，专论鉴赏清玩之事，包括古董陶瓷、书画、文具、玉石、香品、乐器、花草树木等的品赏。其中所论，颇多精彩之处，如论插花艺术，须"令俯仰、高下、疏密、斜正各具意态，得画家写生折枝之妙，方有天趣"。把国画的构图艺术运用到插花艺术之中，与袁中郎的《瓶史》有异曲同工之妙。

中国现当代的古代文学研究者对于高濂的《遵生八笺》注意得不多，其实，在明清，它的影响是相当大的。比如清代的石成金在其《好运宝典》中，就从高濂的《四时调摄笺》中选出他认为"最佳者一十五条，删改付梓，名曰《高赏集》。这个书名是双关的，一方面，"意谓清高赏趣，统集于内"；一方面，是高濂所赏之意。在《高赏集》的"自叙"中，石成金说：

随时随地俱有真福，全在达人之会受享而已。昔深甫高子（高濂）乃最会享福之人也。居于杭之西湖，随时玩赏，不负生平。唯是清赏妙境，遍满寰宇，岂仅西湖为然？譬如每晨之晓山，千态万状，不拘楼阁山岭，我只凭高玩赏，是即登保俶之周览矣。又如梅花，无论几株，多则固妙，少亦不减其妙。或黄昏、或白昼，携酒静赏，兴致亦不亚于孤山逋仙矣！其余桑麦、桃柳、荷桂、禽鸟、风花雪月种种诸胜何地无之？只在会享福者之留心领略，则时时自得真福，岂必在于西湖一处？又岂在于高子一人之受享也哉？

这段话认为高濂是最会享清赏之福的人，同时也认为只要有高濂清赏的眼光和胸襟，则无时无处不可享清赏之福，而不必拘于一时一地也。

文震亨《长物志》也是清供清赏小品的代表作。此书分为室庐、花木、水石、禽鱼、书画、几榻、器具、衣饰、舟车、位置、蔬果、香茗十二类，各为一卷，比较全面地表现了晚明文人关于生活环境的美学观念。《长物志》所论，大致是如何营造家居高雅的艺术环境和艺术氛围。"室庐"一则说：

居山水间者为上，村居次之，郊居又次之。吾侪纵不能栖岩止谷，追绮园之踪；而混迹廛市，要须门庭雅洁，室庐清靓。亭台具旷士之怀，斋阁有幽人之致。又当种佳木怪箨，陈金石图书。令居之者忘老，寓之者忘归，游之者忘倦。蕴隆则飒然而寒，凛冽则煦然而燠。若徒侈土木，尚丹垩，真同桎梏樊槛而已。（《长物志》卷一）

生活环境有多种多样，有在山水之间者，有在乡村者，有在远离车马的郊居者，但对于多数的士人来说，其生活环境却是"混迹廛市"，随着社会的发展，人们的生活空间越来越小，世俗生活也越来越喧嚣。于是，有必要在"廛市"中营造一个优雅清静的艺术环境，像陶潜说的"结庐在人境，而无车马喧"。吴从先在《小窗自纪》中以清言的形式非常精辟地谈论说："幽居虽非绝世，而一切使令供具，交游晤对之事，似出世外。"于是人们大可不必车船劳顿，或艰难跋涉去游山玩水，寻幽访壑，在日常生活之中，自己的庭院、台阁、居室、水石、草木、蔬菜、门窗阶栏、书画古玩、文房四宝、坐几椅榻、车舟等等，都可以构成一个优美的艺术境界，从某种意义来说，这比山水园林，与人的关系更为密切、更为平和，也更为温馨，是人们最为寻常、每时每刻都离不开的生活环境。这反映了一种新的生活美学意识。

同文学艺术一样，中国古代环境建构艺术也是讲究"师法自然"，以自然山水为主题进行再创作，把自然景观带到庭院之中。文震亨在《瀑布》一文讲在庭院中构建人工瀑布：

山居引泉，从高而下，为瀑布稍易。园林中欲作此，须截竹，长短不一，尽承檐溜，暗接藏石罅中，以斧劈石叠高，下凿小池承水，置石林立其下，雨中能令飞泉喷薄，潺湲有声，亦一奇也。尤宜竹间松下青葱掩映，更自可观。亦有蓄水于山顶，客至去闸，水从空直注者，终不如雨中承溜为雅。盖总属人为，此尚近自然耳。(《长物志》卷三)

再造自然，又要泯灭人为的痕迹，使之近于自然。这种艺术环境的建构主要不是"侈土木，尚丹垩"，追求富丽堂皇，而是要反映出一种幽雅的审美趣味。而室内的"清斋位置"之法，也很多讲究，"仅一几一榻，令人想见其风致，真令神骨俱冷。故韵士所居，入门便有一种高雅绝俗之趣"(《长物志》卷十)。使每一细微之处都透露出清雅的人文气息。既讲实用，也讲艺术，是《长物志》中环境美学的观念，甚至在今天，仍有其实用的价值。而从小品文的角度，《长物志》多以优美和抒情的语言来叙述清雅环境的建构和鉴赏，写得文采清丽，精致可爱，本身也是颇有审美价值的小品文。

程羽文的《清闲供》是一部相当细致和别致地表现文人日常生活艺术的小品文。《清闲供》中的"小蓬莱"条说，蓬莱之所以是仙境，因为它隔谢了人世间的嚣尘浊土，而对于士人而言，心远地自偏，"即尘土亦自有迥绝之场，正不必侈口白云乡也"。关键是自己建构一个清逸宁静的生活环境，下面便是程羽文对于生活环境的一些标准：

> 门内有径，径欲曲。径转有屏，屏欲小。屏进有阶，阶欲平。阶畔有花，花欲鲜。花外有墙，墙欲低。墙内有松，松欲古。松底有石，石欲怪。石面有亭，亭欲朴。亭后有竹，竹欲疏。竹尽有室，室欲幽。室傍有路，路欲分。路合有桥，桥欲危。桥边有树，树欲高。树阴有草，草欲青。草上有渠，渠欲细。渠引有泉，泉欲瀑。泉去有山，山欲深。山下有屋，屋欲方。屋角有圃，圃欲宽。圃中有鹤，鹤欲舞。鹤报有客，客欲不俗。客至有酒，酒欲不却。酒行有醉，醉欲不归。

在这里，程羽文别出心裁地用顶针的修辞方式来写，这并非是一种文字游戏，而是体现了一种美学观念，即以这种环环相扣的语言建构了一个诸种要素密切相关的生活环境，大体上构成了一幅当时文人理想的生活场景，从中可以看出明代文人的生活美学观念：这就是与大自然融合为一体，体现一种清雅的情调。

《清闲供》还说，日月流逝如梦，加上人们又"名奔利竞，膏火自煎"，所以人生如蜉蝣。高士必须把握和享受每时每刻，故又作"四时欢"一则，写在一年四季中，如何品味生活的情趣和大自然所赋予的美景。如"秋时"的清课是：

> 晨起，下帷，检牙签，把露研朱点校。寓中操琴调鹤，玩金石鼎彝。晌午，用莲房，洗砚，理茶具，拭梧竹。午后，戴白接篱，着隐士衫，望红树叶落，得句题其上。日晡，持蟹螯鲈脍，酌海川螺，试新酿，醉弄洞箫数声。薄暮，倚柴扉，听樵歌牧唱，焚伴月香，壅菊。

"冬时"的清课则是：

> 晨起，饮醇醪，负暄盥栉，寓中置毡褥，市乌薪，会名士，作黑金社。晌午，挟策理旧稿，看晷影移阶，濯足。午后，携都统笼，向古松，悬崖间，敲冰煮建茗。日晡，布衣皮帽装，嘶风镫，策蹇驴，问寒梅消息。薄暮，围炉促膝煨芋魁，说无上妙偈，谈剑术。

高濂的四时清赏只是开列了游赏的内容和地点，而程羽文则连时间表都排出来了。岂但一年四季的享受不同，便是一日十二时辰，也须是"随方作课，使生气流行"。故又有"二六课"一节，把每天时间分为"辰""巳""午""未""申""酉""戌""亥子""丑寅""卯"，从清晨到深夜的时时刻刻都有讲究，如"申"时的生活应该是："朗诵古人得意文一二篇，引满数酌，勿多饮令昏志。或吟名人诗数首，弄笔仿古帖，倦即止。吟诵浮白，以王真气，亦是张颠草书被酒入圣时也。""二六课"一则详细地给人们开列了一张享受生活、品赏人生与修身养性的时刻表。

晚明有不少关于文人清玩的小品，所谓清玩，主要是指古钟鼎彝器、书画、石印、镌刻、窑器、漆器、琴、剑、镜、砚等。屠隆《考槃余事》一书中讲述了对于书版碑帖、书画琴纸、笔砚炉瓶和日用的器用服饰之物的鉴赏艺术。而董其昌的《骨董十三说》可以说是对于古玩的概论性的小品，其书论古董的类别、特点、形态和品赏方法等，尤其值得注意的是他对于人们古玩清赏的文化分析。他认为，人们在现实生活中，追求声色臭味之好，"故人情到富贵之地，必求珠玉锦绣、粉白黛绿、丝管羽毛、娇歌艳舞、嘉馐珍馔、异香奇臭，焚膏继晷，穷日夜之精神，耽乐无节，不复知有他好"。于是人们逐渐厌倦了这些新声艳色。"故浓艳之极，必趋平淡；热闹当场，忽思清虚。"他的结论是"好骨董，乃好声色之余也"（《五说》）。这是说，品鉴古玩，是为了在声色之外，找到一处清虚之地。所以品赏古玩也是一种闲适的人生修养，也可以进德修身，而且"可以舒郁结之气，可以敛放纵之习"，总之"有却病延年之助"。他认为，清玩的目的是"虽在城市，有山林之致"，于是这种清玩便具有一种深刻的文化意义。

对于现世生活享受的肯定和追求，从中得到乐趣，本是中国文化的一种传统，然而一般来说，世俗社会往往以追求物质享受为目的，没有更高的精神和审美追求；高洁的文人又往往重视对精神世界的向往，鄙视物质享乐。唐宋以后，文人与士大夫意在把这两者结合起来：在物质享乐的同时，寻求精神的享受，创造了一种以消闲遣兴、修身养性为目的的艺术化的生活方式，这种生活方式到了晚明被发挥得淋漓尽致。

晚明清赏小品反映出当时士人们的生活理想，也透露出当时的社会风尚和文人心态，是我们认识晚明社会的形象材料。晚明艺术化的生活风气，主要反映了晚明文人在庄禅之风的影响下，追求现世的生活与人间的乐趣，反映了商品经济逐步发达，人们对于物质生活需求的高涨，但同时这种世风也折射了当时严酷的社会现实。士大夫与文人们的热情都倾注在如何构造一个真实的艺术化的生活环境，既然外部社会现实是如此的混乱和俗气、喧杂而危险，是如此的无奈，那么人们自然而然地喜欢营造和退缩到一个属于自己的安全舒适、平静雅致的精神乐园。但晚明清赏小品也有一种浓郁的贵族气息，普通百姓当然谈不上去清玩清赏，一般文人恐怕也难以有此清福。

风流香艳《悦容编》

晚明是一个人欲横流的时代，纵情声色，是当时社会的普遍现象。从朝廷以至民间，莫不如此。文人也不能免俗，如康海、杨慎、唐寅、祝允明、董其昌、袁中道、王稚登、屠隆、臧懋循、田艺蘅等人都有狎妓的记录。而更甚者，则如董其昌，虽负清雅重名，但"居乡豪横……老而渔色，招致方士，专讲房术"（《骨董琐记》四"董思白为人"）。这个时代的文人一方面摆脱了伦理纲常的束缚，另一方面又坠入情波欲海之中而难以自拔。曾异撰在《卓珂月〈蕊渊〉〈蟾台〉二集序》中说："夫饮醇酒近妇人，在今日富贵利达之士大夫，以为是得志而不可不为之乐事。此夫事之极猥庸而不足道者也。然出于千古之英雄，则借以行其痛哭忧畏而消泄其无可如何之感愤。愚尝谓酒色鄙事，今古人亦不相及若此。"他认为同是纵情声色，晚明人与古人是有所不同的，古人是不得志感愤而为之，而当时人是"以为是得志而不可不为之乐事"。因此表现出一种顽艳佻薄的习气。

旨永神遥明小品

对晚明人酷爱声色应作具体的分析，一方面当时有些文人可能是以纵情声色的方式来发泄苦闷和绝望，正如袁中道在《殷生当歌集小序》中说：

丈夫心力强盛时，既无所短长于世，不得已逃之游冶，以消磊块不平之气，古之文人皆然。近日杨用修云："一措大何所畏，特是壮心不堪牢落，故耗磨之耳。"亦情语也。近有一文人酷爱声妓赏适，予规之，其人大笑曰："吾辈不得于时，既不同缙绅先生享富贵尊荣之乐，止此一缕闲适之趣，复塞其路，而与之同守官箴，岂不苦哉！"其语卑卑，益可怜矣。

而钟惺《吴门悼王亦房》诗中说："酒色藏孤愤，英雄受众疑。"恣情声色与恣情山水一样，也可以是一种对于社会现实的不满和无可奈何的排遣方式。但当时更多的文人纵情声色，并不是一种苦闷的宣泄，而是视为一种雅趣，他们往往以相当高雅的理由和理论来为自己解脱，用堂皇的借口巧饰渔色纵欲的放荡行径。

这种社会风气之下，便出现许多有关女性与艳情的小品。而在有关女性的小品中，不少内容是品赏当时的艺妓。如梅史的《燕都妓品》用科举取士的方式，来排列燕都妓女的等级，如状元郝筠、榜眼陈桂、探花李增等，并分别摘录唐诗和《世说新语》的名句加以品评。这类作品很多，如潘之桓的《金陵妓品》、曹大章的《莲台仙会品》《秦淮士女表》、萍乡花史的《广陵女士殿最》等，这些作品的情趣不能一概而论，但都颇能反映出当时文人的兴趣。作家完全可以在文学中反映出妓女和优伶的生活和形象，但晚明一些文人本身就是风月场中的热客，他们对待妇女，大多是持一种猎艳和占有的男性心理。这种"雅趣"其实已经是"好色而淫"的俗趣了。这在当时是相当普遍的社会现象，我们不必把晚明文人的纵情声色拔高到个性解放的高度去。

在晚明的香艳小品中，卫泳的《悦容编》是相当有代表性的作品。

卫泳自称他所作的《悦容编》是一部"闺中清玩之秘书"，也就是说专门写给妇女品赏学习之用。书名取自古语："士为知己者死，女为悦己者容"，故名《悦容编》。所谓"悦容"的意思是按卫泳的审美观，妇女如何生活才最为理想，什么样的妇女最为悦人，总之，全书目的便是塑造理想的妇女形象。全书共分：随缘、葺居、缘饰、选侍、雅供、博古、寻真、及时、晤对、钟情、借资、招隐、达观十三篇。（载《香艳丛书》一集卷二）从社会学的角度，此书可以看作是古代一部妇女学的著作，内容涉及妇女的婚姻、居住环境、修饰、服装、侍女、器物、修养、容貌、气质、精神等方面。他所论的妇女，其实是上流社会的妇女，比如对于妇女的服装打扮的讲究：

旨永神遥明小品

饰不可过，亦不可缺。淡妆与浓抹，惟取相宜耳。首饰不过一珠一翠一金一玉，疏疏散散，便有画意，如一色金银簪钗行列，倒插满头，何异卖花草标？服色亦有时宜：春服宜倩，夏服宜爽，秋服宜雅，冬服宜艳，见客宜庄服，远行宜淡服，花下宜素服，对雪宜丽服。吴绫蜀锦，生绡白苎，皆须褒衣阔带，大袖广襟，使有儒者气象。(《缘饰》)

他论述这些之后，特作说明："然此谓词人韵士妇式耳，若贫家典尽时衣，岂堪求备哉？钗荆裙布，自须雅致。"那些贫家妇女，连饭都吃不上，哪里谈得上讲究？《悦容编》中对于妇女的品赏，很有晚明文人的审美口味。卫泳说，美人有各种态、情、趣、神：

唇檀烘日，媚体迎风，喜之态；星眼微瞋，柳眉重晕，怒之态；梨花带雨，蝉露秋枝，泣之态；鬓云乱洒，胸雪横舒，睡之态；金针倒拈，绣屏斜倚，懒之态；长颦减翠，瘦靥消红，病之态。

惜花踏月为芳情，倚阑踏径为闲情，小窗凝坐为幽情，含娇细语为柔情，无明无夜，乍笑乍啼为痴情。

镜里容，月下影，隔帘形，空趣也；灯前目，被底足，帐中音，逸趣也；酒微醺，妆半卸，睡初回，别趣也。风流汗，相思泪，云雨梦，奇趣也。

神丽如花艳，神爽如秋月，神清如玉壶，神困顿如软玉，神飘荡轻扬如茶香，如烟缕，乍散乍收。数者皆美人真境。(《寻真》)

卫泳用细腻的笔墨，画出一幅幅的美女生活图。以上是美人的种种情态，而在此段文后的评语认为，最讨人喜欢的是美人的睡态与懒态、幽情与柔情、别趣与困顿之神，流露出文人的审美爱好。自古以来，男性社会对于妇女的审美标准也处于不断的变化之中，这里所描绘的慵弱幽清的美人，便是封建社会后期男性社会对于女性形象的期待。假如我们把晚明画家们所画的仕女图和此文比照阅读，这种文人心目中的女性理想便更为清晰，也更为直观地展现出来。

作者认为，美人从小到老，一年四季，都"无非行乐之场"，盈盈十五、娟娟十六的豆蔻年华自不必说，壮年时则如日中天，如月满轮，如春半桃花，如午时盛开的牡丹；"至于半老，则时及暮而姿或丰，色渐淡而意更远，约略梳妆，偏多雅韵。调适珍重，自觉稳心，如久窖酒，如霜后橘，知老将提兵，调度自别"。总之，应该说美人"终身快意"，一辈子都是可爱的。不过文后的评语又补充说："红颜易衰，处子自十五以至二十五，能有几年容色？如花自蓓蕾以至烂漫，一转瞬耳，过此便摧残剥落，不可睩视矣，故当及时。"前面说半老的妇人如陈年老酒，这里又把二十五岁以后的妇人说成是惨不忍睹的落花败叶，前后似乎矛盾。但恐怕后者更反映出当时文

旨永神遥明小品

人们的真实想法。

在《悦容编》中，最能代表晚明文人心态的是《招隐》和《达观》二篇。《招隐》篇说：

谢安之屐也，嵇康之琴也，陶潜之菊也，皆有托而成其癖者也。古未闻以色隐者，然宜隐孰有如色哉？一遇冶容，令人名利心俱淡，视世之奔蜗角蝇头者，殆胸中无癖，怅怅靡托者也。真英雄豪杰，能把臂入林，借一个红粉佳人作知己，将白日消磨，有一种解语言的花竹，清宵魂梦，饶几多枕席上烟霞，须知色有桃源，绝胜寻真绝欲，以视买山而隐者何如？

这是一篇奇谈怪论。古人说，小隐隐山林，大隐隐朝市，此外古人也有隐于书者，隐于吏者，隐于酒者，而卫泳则匠心独运，开辟了隐的另一大途径，这就是隐于色。他认为色是最适宜隐的，人们一见美色冶容，名利心便都淡了，于是名缰利锁顿可挣脱。那些整天营营于名利场上的人，就因为他们胸中没有这种癖好，精神没有寄托。而英雄豪杰，有一个红粉佳人，便可以把臂入林，所以女色冶容可以让人忘却世事，这便达到隐居的目的。相比之下，那些寻找神仙者，禁欲寡欲者，或跑到深山去隐居者，那些隐居方法真笨，根本不能与隐于色的方式相比。美色，本身就是"桃源"，逃到里头，便不知有汉，无论魏晋，这不是最好的隐居吗？"招隐"一词在古代有两种意义，一种是征召隐士出山，另一种是招人归隐，意思恰恰相反。卫泳当然是后一种意义，也就是公开号召人们隐居到女色之中。

《达观》更是一篇奇谈怪论，是晚明文人的"好色"宣言：

诚意如好好色。好色不诚，是为自欺者开一便门矣。且好色何伤乎？尧舜之子，未有妹喜、妲己，其失天下也，先于桀纣；吴亡，越亦亡，夫差却便宜一西子。文园令家徒四壁，琴挑卓女而才名不减；郭汾阳穷奢极欲，姬妾满前，而朝廷倚重，安问好色哉？

若谓色能伤生者，尤不然。彭篯未闻鳏居，而鹤龄不老；殇子何尝有室，而短折莫延。世之妖者、病者、战者、焚溺者、札厉者相牵而死，岂尽色故哉！人只为虚怯死生，所以祸福得丧，种种惑乱。毋怪乎名节道义之当前，知而不为，为而不力也。倘思修短有数，趋避空劳，勘破关头，古今同尽。缘色以为好，可以保身，可以乐天，可以忘忧，可以尽年。

这篇文章先是批驳好色有害的各种观点。先驳好色误国论，卫泳说，国家的兴亡，与国君的好色与否并无关系。尧舜之子，并不好色，却比桀纣先去天下；吴国与越国都先后灭亡，结果不外一样，但

旨永神遥明小品

吴王夫差却先享用了西施，占了"便宜"。次驳好色妨德论，卫泳说，司马相如好色而才名流史册；郭子仪好色而受到朝廷的重用。再驳好色伤生论，有人说，纵情声色会伤害身体，卫泳反驳说，彭祖活了八百岁，未听说他过着绝欲生活；而有些小孩根本未近女色，年纪轻轻就死掉了。世上死去的人很多，有病死的，战死的，火烧死的，水淹死的，这些与色都毫无关系。卫泳的结论是，好色不但无害，而且意义重大。"可以保身，可以乐天，可以忘忧，可以尽年。"加上《招隐》上说的，好色还可以隐，那么好色便应该成为人生修养的最佳必修课了，似乎比孔夫子说的诗可以兴，可以观，可以群，可以怨还更为重要。当然还有一个前提，便是要"思修短有数，趋避空劳，勘破关头"。但是这样，好色也就成为一种类似于宗教的修养了。中国古人总喜欢以女色为女祸，把历史上许多国破家亡的悲剧原因归结为女色作祟，卫泳的《达观》反其道而行之，不能说完全没有一点矫枉意义，但他把好色的益处提高到无可复加的地步，其本质也是为纵欲造足舆论的。

我们不必认真地把卫泳的《招隐》《达观》当作严谨的论文，就论文而言，它们的论说偷换概念，逻辑混乱，片面地夸大或随意地歪曲，是强词夺理的文章。但它们的价值就在于非常典型地反映出明末许多文人的生活态度，尤其是对于女色的心态。晚明的许多文人的心态相当矛盾，一方面，他们追求超尘绝俗的清高和隐逸之风；

另一方面，又竭力追求世俗的种种犬马声色的享乐。于是他们尽量地在理论上调和两者的矛盾。卫泳的所谓"招隐""达观"，即是把"色"与"隐"两者融合起来。既纵色欲，又可高隐；既快欲望，又可养生。鱼与熊掌，兼而得之，岂不快哉！这样便可以堂而皇之，名正言顺地为了一个"高雅"的目的而放纵。正如李日华在《紫桃轩杂缀》卷二中所说："世间唯财与色，能耗人精力，速人死亡。而方士之言曰：'金银可以点化以济世，少女可以采药以长生。'既快嗜欲，又得超胜，何惮而不为耶？予以天理人性揆之，恐无此大便宜事，不敢信也。""既快嗜欲，又得超胜"，真是晚明许多文人的心态，但天下恐怕没有这种"大便宜事"。

乱点异代鸳鸯谱

在中国古代漫长的封建社会里，绝大多数人在婚姻上是不能主宰自己命运的。在婚姻大事上，不但有父母之命，媒妁之言，而且还有传统势力的影响，所以每一代都产生许多婚姻悲剧或不理想的婚姻。

现实中的不自由，更容易激发人们追求理想的自由。文学艺术正是对于有缺陷的现实的补充，于是便有作家异想天开地按照自己的婚姻和爱情理想，给古人重新配偶。比如晚明的吴从先在《小窗自纪》中就曾说："李太白酒圣，蔡文姬书仙，置之一时，绝妙佳偶。"他设想如果把李白与蔡文姬这两位酒圣书仙放到同个时代，他们将成为"绝妙佳偶"，这里把不同时代的古人重新配偶，只是偶然的戏笔。而程羽文的《鸳鸯牒》则是一篇完整的、有意识创作的这种典型的"乱点鸳鸯谱"的游戏笔墨的小品奇作。《鸳鸯牒》的篇首说：

谭友夏曰："古今多少才子佳人，被愚拗父母板住不能成对，赍情而死，乃悟文君奔相如是上上妙策。"不知世人阴阳之契，有缱绻司总统，其长官号氤氲大使。冥数当合者，须鸳鸯牒下乃成，如此，即咎有所归，正不必致怨高堂也。春风在手，抹杀月下老人，随举彰彰缺陷者，各下一牒，为千古九原吐气。

谭元春将古往今来才子佳人的婚姻悲剧归咎于父母的愚拗，故赞成卓文君私奔司马相如以反抗父母之命。程羽文不同意谭元春的说法，认为谭元春埋怨错人，因为在冥冥之中总管人间婚姻的是"氤氲大使"，而最关键的是由"鸳鸯牒"上的记录所决定的。因此，程羽文使自命为"氤氲大使"，自制一本"鸳鸯牒"，他按照自己的婚姻观、爱情观，将历史上那些在婚姻上有"缺陷"的才子佳人、英雄美人重新加以配对，结成"最佳组合"，《鸳鸯牒》如同给古人开列结婚证书，而作者似乎成为一名有无限权力的超越时空的"月下老人"，用自制的红丝绳将一些历史名人的脚重新绑到一起。

作者的想象力相当丰富，考虑也非常周到，对于配偶双方的品格、才能、性格要求能"门当户对"。王昭君与苏武是两位爱国的"海外赤子"，王昭君为了和亲，独身异域，凄情婉调，青冢难埋，如杜甫诗说的："千载琵琶作胡语，分明怨恨曲中论"，总之王昭君是历代文人同情吟咏的对象；而苏武独持汉节，北海牧羊，吞毛啮雪，

旨永神遥明小品

保持高尚的气节和情操，是历代人们景仰歌颂的对象。但苏武在匈奴时，曾与胡妇生了孩子，名字叫"通国"，这件事在《汉书》中有记载。此事曾引起后人一些议论，比如苏轼在《东坡志林》卷一"养生难在去欲"条说：

昨日太守杨君采、通判张公规邀余出游安国寺，坐中论调气养生之事。余云："皆不足道，难在去欲。"张云："苏子卿啮雪啖毡，蹈背出血，无一语少屈，可谓了生死之际矣。然不免为胡妇生子，穷居海上，而况洞房绮疏之下乎？乃知此事不易消除。"众客皆大笑。余爱其语有理，故为记之。

他们认为，苏武能忍受其他常人不能忍受的痛苦，却还是与胡妇生子，可见人的性欲最不易忍。程羽文把王昭君配给苏武，"旌落毡残之余，咻琵琶一曲，并可了塞外生子之案"。王昭君配与苏武，可谓一举多得，彼此互慰寂寞，解决了苏武多方面的痛苦。

程羽文的《鸳鸯牒》是超越时空的，他配成的鸳鸯是不受时间空间的限制的。东汉史学家班昭是班固的妹妹，很有学问，班固死时，所撰《汉书》的八表及《天文志》未完成，班昭与马续共同续撰。《汉书》初出，读者多不通晓，她又教授马融等诵读。郑玄（字康成）为东汉经学家，以古文经说为主，兼采今文经说，遍注群经，是汉代经学的集大成者。郑玄比班昭年纪小了差不多一百岁，但不要紧，程羽文还是把班昭配给郑玄，目的是让他们两口子以"六经为庖厨，百家为异馔"，成为切磋学术的最佳组合。建安时代的杨修（字德祖）善解隐语，多次破了曹操出的难题，包括像"一盒酥""鸡肋"等，而且还为此误了卿卿性命；苏蕙（字若兰），符秦时人，窦滔妻，窦滔为秦州刺史，被徒流沙，苏蕙思念丈夫，织锦为回文璇玑图诗以赠，纵横反复，都成诗篇。程羽文说："苏若兰，回文一锦，瞑截天孙，正索解人不得，宜择配杨德祖，共参曹娥碑阴，鸡肋话谜。"苏蕙与杨修时代不同，她比杨修小了二百岁左右，但这无关紧要，程羽文还是把苏若兰配与杨修，让他们两人可以一道探讨隐语谜语的技巧。

程羽文所点的"鸳鸯牒"，只有极个别以传说为依据，如把甄后配给曹植，"慰此洛神痴赋，蒲生怨诗"。因为曹植的《洛神赋》旧说为感念甄后之作。但程羽文的"鸳鸯牒"绝大多数是从心信手而"乱点"的。他把才女蔡文姬配与狂士祢正平，让蔡文姬的《胡笳十八拍》与祢衡的渔阳三挝鼓伴奏，"宫商迭奏，悲壮互陈"。程羽文介绍婚姻还考虑到双方性格的互补，如王韫秀"挺劲孤卓，惜其稍有炎心，故宜配寒郊瘦岛以消之，不然，亦直配李长源，十六年宰相妻，克善厥终"。

更有意思的是，程羽文的婚姻介绍往往把一位佳人许配给一批

　　　　　　　　　旨永神遥明小品

才子，不知是让才子们来竞争，还是让佳人择优选择："薛涛巧偷鹦鹉，色借凤凰，空作风尘染滥。宜远配张绪杨柳，魏收蝴蝶，举止轻儇，恣其佻达。"而最为吃香也最为幸运的是朱淑真，被程羽文许配给苏轼一类的人才。"朱淑真，圆音曲转，困此驽庸，宜配苏子瞻、秦少游、晁无咎、陈季常、黄山谷、王晋卿、晏同叔、苏子美、柳耆卿辈，绮舌交酬，锦肠不断。"朱淑真，宋代的女作家，生于仕宦家庭，据说因对婚姻不满，抑郁而终。如今，被程羽文配给这些杰出人才，大概是可以感到满意吧。李清照与其丈夫赵明诚原是非常美满的一对，但有人说赵明诚死后，李清照又嫁给张汝舟，引起一些人的遗憾，于是程羽文把李清照重新配给王十朋、谢希孟、米芾、陆游一班懂艺术的才子，使他们"以金石剩录，乐此桑榆"。

程羽文同情历史上那些不幸女性的遭遇，但同时，也流露出男性中心的观念。他所拉扯成的级别最高、名气最大的一对配偶是曹操与武则天："武曌，英华鲜颢，诏可催花，宜借配魏武帝。锁之铜雀台上，无使播秽牝晨。"武则天在当时使天下须眉臣伏，当然是找不到匹配的。只有"如幽燕老将，气韵沉雄"的曹操，才能与武则天旗鼓相当。不过程羽文把武则天"锁之铜雀台"，带有某种惩罚性。他认为武则天当女皇，就像母鸡司晨一样是一种异常现象；还认为武则天性格淫乱，其实，古代的男性皇帝都拥了后宫千万佳丽，武则天当然也就可以有男宠，有面首了。平等地说，武则天也只是与男性帝王一样，享受性方面的特权罢了，在当时并谈不上"播秽"。

如果程羽文的《鸳鸯牒》真是如此无上法力的话，它可能成就不少佳偶，同样说不定也制造一些怨偶。曹操与武则天，这对男女强人在一起，最终谁被锁到铜雀台中还难说呢！又如苏蕙与丈夫窦滔好好的一对，凭什么硬把他们拆开，而把苏蕙嫁给那位喜欢卖弄聪明的杨修呢？

程羽文的《鸳鸯牒》是表现晚明文人雅兴的涉笔成趣之作，对这种香艳小品自然不必过于认真，姑妄言之，姑妄听之可也，过于执着便成为痴人说梦了。但这些作品也并非全是无聊之作，它在一定程度上表现了晚明文人爱情理想和生活旨趣，颇有认识作用。从文学背景来看，晚明文坛有一种浪漫气息，尤其爱情作品，更是生可以死，死可以生，程羽文的《鸳鸯牒》也同样反映出晚明文人理想主义的浪漫色彩。这也许是古代文人一次最为淋漓尽致、最为胆大包天地"享受""婚姻自由"的权力——尽管只是纸上谈兵。当我们读《牡丹亭》一类作品时，不妨把程羽文的《鸳鸯牒》作为辅助材料，我们对于当时人文背景的理解也许就更为深刻。

不过，《鸳鸯牒》一方面是同情历史上那些在婚姻上遭遇不幸的人们，希望他们重新获得幸福，就其理想而言，未尝不是出自一种浪漫而人道的精神；但无可讳言，作品的字里行间，又不知不觉地流露出晚明文人某种为文儇薄的本相。

笑话连篇兼雅俗

　　明代的笑话书籍很多，这些笑话书籍，既有辑录民间作品的，也有文人自己创作的，它们综合雅俗两种审美情趣，所以研究笑话小品与一般研究纯粹文人创作的小品文不同，具有双重的意义。明代笑话小品之所以兴盛，我以为在文学内部，起码有两方面的原因。一方面是在当时的文学观念中，文学艺术的教化功能受到削弱，而其娱乐性、愉悦性得到强调。另一方面，当时通俗文艺极盛，文人普遍受到影响，于是就自己创作起笑话作品来。下面略举数例。

　　刘元卿的《应谐录》篇幅不长，但颇有精粹之作。如《争雁》一则写兄弟两人看见有大雁飞过，还未射箭，先争论射下的雁是烹的好吃还是烤的好吃，一直争执不休，只好打官司，最终的判决是一半烹，一半烤。争论终于解决了，但大雁早已飞远了。"今世儒争异同，何以异是？"讽刺当时文人喜欢无休无止的扯皮争议，结果往往坐失良机。假如我们把它放到明代党争不断的背景，这则笑话也可以说是一种让人感到沉重的幽默。《万字》一篇写一位少爷跟着老师学认字，学得"一""二""三"几个字，便自以为其他字都如此简单，于是辞退老师。有一次，父亲让他写一封信，邀请一位姓"万"的亲戚，结果，少爷写了好久都没写成。父亲催促他，他还生气地说，天下的姓氏多的是，为何偏偏要姓"万"。我从早晨起来，至今才写了五百画！这则笑话讽刺当时一些人偶有所解，便"自矜有得"，结果闹了笑话。《猫号》一则说，有人家畜一猫，为了起一个奇特的名字而费尽心思。先是称"虎猫"，但虎不如龙之神，又改称"龙猫"；龙离不开云，故改为"云猫"；云不敌风，改为"风猫"；墙能挡住风，遂叫"墙猫"；老鼠能破墙，干脆叫"鼠猫"。作者假借"东里丈人"的话说："猫即猫耳，胡为自失本真哉！"讽刺有些人过于追求形式和名声的奇特而失去本性。而《两瞽》一篇更有意思：

　　都市有齐瞽，行乞衢中，人弗避道，辄骂曰："汝眼瞎耶？"市人以其瞽，多不较。

　　嗣有梁瞽者，性尤戾，亦行乞衢中，遭之，相触而踬。梁瞽故不知彼亦瞽也，乃起亦恣骂曰："汝眼亦瞎耶？"两瞽哄然相诟，市子讪之。

　　噫，以迷导迷，诘难无已者，何以异于是？

瞎子骂他人眼瞎，可气；而两瞎子互骂对方是瞎子，则十分可笑了。作者之意，当然绝不是调侃生理缺陷者，而是讽刺精神方面残疾之人。明代文人派别林立，党同伐异，然彼此的争论，多类似于文中的两瞽，其结果只是以迷导迷罢了。

赵南星的《笑赞》是一本形态特殊的笑话小品文集，他先是记录一个笑话，然后加上一个"赞"，对此笑话加以点评，言简意赅地揭示笑话的内涵。此书不少作品是富有深意的佳作。如：

一和尚犯罪，一人解之，夜宿旅店，和尚酤酒劝其人烂醉，乃削其发而逃。其人酒醒，绕屋寻和尚不得，摩其头则无发矣，乃大叫曰："和尚倒在，我却何处去了？"

赞曰：世间人大率悠悠忽忽，忘却自己是谁。这解和尚的就是一个，其饮酒时更不必言矣，乃至头上无发，刚才知是自己却又成了和尚。行尸走肉，绝无本性，当人深可怜悯。

这位押解和尚的差人，被和尚灌醉酒，剃光了头发，醒来后居然认为自己是和尚，反不知"我却何处去了"。故事似乎荒唐，但经赵南星一阐释，其深长的寓意就凸现出来了。"世间人大率悠悠忽忽，忘却自己是谁。"真是十分深刻的命题。这是一个著名的故事，除了《笑赞》之外，刘元卿的《应谐录》也收录了。据季羡林先生说，在欧洲也流传着类似的故事。故事的主人公与一位黑人出行,夜里当他酣睡时,黑人起来把他的脸抹黑,偷走了他的东西溜走了。第二天,他大惑不解:"黑人在这里,可是我到什么地方去了?"(《一个流传欧亚的笑话》)可见,忘记自我,迷失本性,是古今中外的人们所面临的普遍问题,这个轻松的笑话倒含蕴着相当深刻的哲学命题。

赵南星的讽刺范围很广,大凡儒道释皆被讽刺过,而对各种社会现象也嬉笑调侃。迂腐的读书人多是讽刺的对象,但其锋芒又往往超越于此:

一秀才买柴曰:"荷薪者过来。"卖柴者因"过来"二字明白,担到面前。问曰:"其价几何?"因"价"字明白,说了价钱。秀才曰:"外实而内虚,烟多而焰少,请损之。"卖柴者不知说甚,荷的去了。

赞曰:秀才们咬文嚼字,干的甚事,读书误人如此。有一官府下乡,问父老曰:"近年黎庶何如?"父老曰:"今年梨树好,只是虫吃了些。"就是这买柴的秀才。

这里不但讽刺了读书人咬文嚼字的酸气,而且还捎带揶揄了官僚脱离百姓的习气。虽是平静道来,却令人绝倒。又如:

一贫士冬日穿夹衣。有谓之者曰:"如此严寒,如何穿夹衣?"

贫士曰："单衣更冷。"

赞曰：夹衣胜单衣，单衣胜无衣，作如是观，即能乐道安贫。有一人耻说家贫，单衣访友。其友问他如此寒天，如何单衣？其人答曰："我元来有个热病。"其友知他是诈，留至天晚，送他在凉亭内宿歇。冻急了随即逃走。又一日相遇，问他前日留宿，如何不肯次日再会。其人说："我怕日出天热，趁着早凉就行了。"

这又是一个读书人。作者不是嘲笑贫穷，而是讽刺那些不敢面对现实的虚伪态度。作者的笔锋针对封建社会里许多人，以"安贫乐道"来掩盖自己的窘态。安贫乐道本是美德，但不敢直面现实，以高论来虚饰，却是十分可笑的。饥寒交迫的人，过分夸耀自己的节衣少食，有时就如哑巴自夸沉默，太监自诩寡欲，令人怀疑其真实性。本来就是"不能"，偏要说成是"不为"。在中国，这种死爱面子的虚伪可谓是一种传统的痼疾。下面一则是讽刺旧社会男女不平等的现象：

郡人赵世杰半夜睡醒，语其妻曰："我梦中与他家妇女交接，不知妇女亦有此梦否？"其妻曰："男子妇人，有甚差别？"世杰遂将其妻打了一顿。至今留下俗语云："赵世杰，半夜起来打差别。"

赞曰：道学家守不妄语为良知。此人夫妻半夜论心似非妄语，然在夫则可，在妻则不可，何也？此事若问李卓吾，定有奇解。

男女之间，连做梦都不平等，何况其他事？"在夫则可，在妻则不可"，这种现象当然不仅是家庭的琐事了，社会上不是更多的不平等吗？

赵南星《笑赞》风格平易而深刻，谑而不虐，在晚明小品文中，颇有其艺术特色。他用的"赞"其实是对故事的评点。可以说赵南星是借鉴当时盛行的小说评点的形式来做小品文的。其评点十分灵活自由，可长可短，有时在"赞"中又引入另一个故事。这些"赞"对每则故事都作出别出心裁的解说，往往令人解颐，而且发人深省，起了点铁成金、画龙点睛的作用。

冯梦龙辑撰的戏谑小品，不乏对当时不合理的社会现实的深刻讽刺。如《笑府》中有一则著名笑话，说一位官员做生日，下属听说他是属鼠的，便用黄金铸了一鼠作为寿礼，官员大喜说："汝知奶奶生辰亦在日下乎？奶奶是属牛的。"这就非常辛辣地讽刺了一些官吏贪而无厌，得寸进尺而厚颜无耻的本性；故事在客观上还讽刺了送礼者启其贪欲，咎由自取的可笑之处。

另有《露水桌子》一则写某人于清晨偶尔在露水桌子上开玩笑地写着"我要做皇帝"几个字，被他的仇家看到，即把此桌子扛到官府告发他"谋反"。恰好官府未出，等待之中，桌子上的露水已被太阳晒干了。衙役觉得奇怪，就问他为何扛着这么一张桌子上官府来了。告发者十分尴尬，只好说："我有一堂桌子，特地扛这张作为样子，不知老爷要买否？"文中的告发者是那种用心险恶而无赖的人，利用一切机会来置人于死地。这种人正是极端专制的封建社会的产物，在现实生活中，这类人往往制造了大量的悲剧。文中的告发者，正是想利用封建社会的法律来陷人于死地。而笑话的妙处就是让这类人出出丑，让他们处于尴尬的境地。读后不但觉得好笑，也觉得解恨。

笑话创作也有一个由文人的"雅趣"向"俗趣"的转化过程。冯梦龙辑撰的笑话小品颇有代表性，这些笑语大体有两种来源，《古今谭概》之中多是从历史书籍和文人传说中摘编的，而《笑林》《笑府》《广笑府》则有大量的民间作品。冯梦龙整理的笑话小品与以往纯文人创作的作品有相当大的区别。在传统的文学观念中，笑话一类的文学作品除了博人一笑之外，还要有其社会意义和寄托，正如刘勰在《文心雕龙·谐隐》中说的："古之嘲隐，振危释惫……会义适时，颇益讽诫。空戏滑稽，德音大坏。"总之，谐隐要有政治和社会内容的深度，要收到"振危释惫"的巨大效益。如果没有社会意义，只是让人高兴喜笑，这些作品便没有什么艺术价值，刘勰的话代表了正统的文学观念。不过大量民间流传的笑话，固然也有一定的思想内涵和社会意义，却也未必全是如此。大多民间笑话虽不能"振危"，却可以"释惫"；不一定有巨大的社会效益，但可以使百姓发发笑，带来身心的轻松。而且有些民间的笑话，用传统的眼光来看，只能说是"空戏滑稽"，却未必因此而"德音大坏"。冯梦龙收集和创作的笑话小品，其中固然有一些深刻的思想内容，但更多的是流传于下层百姓的口头作品，带有强烈的民间文学的色彩。冯梦龙辑录的许多笑话小品其内容是日常生活中的普通人、寻常事，其中有讽刺迂阔者，贪婪者，悭吝者，虚荣者，不学无术者，惧内者，读错别字者，甚至讽刺近视、聋子等生理缺陷的。冯梦龙的笑话小品最有特色和价值之处主要不是那些文人的雅趣，而是民众的机智和滑稽，有的甚至显得粗俗或庸俗，但却真实地透露出活生生的市民意识和情趣，字里行间有一股扑面而来的浓烈的晚明市民文化气息：

众怕老婆者相聚，欲议一不怕之法，以正夫纲。或恐之曰："列位尊嫂闻知，已相约即刻一齐打至矣。"众骇然奔散。惟一人坐定，疑此人独不怕者也；察之，则已惊死矣。（《笑府》上"刺俗"）

女初出阁，正哀哭，闻轿夫觅杠不得，乃带哭曰："我的娘，轿杠在门角里。"（《笑府》上"闺风"）

有自负棋名者，与人角，连负三局。他日，人问之曰："前与某人较棋几局？"曰："三局。"又问："胜负如何？"曰："第一局我不曾赢，第二局他不曾输，第三局我要和，他不肯，罢了。"（《笑府》下"杂语"）

偷儿入一贫家，遍摸一无所有，乃唾地而去。贫汉于床上见之，唤曰："贼，可为我关了门去。"偷儿笑曰："我且问你，关他做甚么？"（《笑府》下"杂语"）

这些小品大多插科打诨，逗笑而已，未必有重大的社会意义，却有生活趣味，其作用就是能让生活在痛苦和沉闷生活中的人们破颜一笑。这一笑，带来了轻松和愉快，这就是目的。假如从小品文的角度来看，这可以说是民间文学的小品文。假如从传统的文学观看来，这些作品的确难说具有多少积极的社会意义，但文学作品，难道除了兴、观、群、怨，除了载道、言情之外，就不能有一种单纯的娱乐作用吗？晚明笑话小品中的这种单纯取乐的作品，正反映出晚明时期世俗化、市民化的审美爱好，这是一种与传统与正统文学观念截然不同的趣味，关于文学的功用至今还是学术界争论的问题，但娱乐是文学艺术的功能之一，这大致是可以肯定的。那么，晚明笑话小品所反映出来的世俗趣味，从中国古代审美意识的潮流来看，就不得不加以注意了。

佻薄无耻杂相陈

现代的读者，在晚明小品中，读到的多是风趣；但是晚明小品的佻薄文风则很少有人注意到；现代的读者，多欣赏晚明文人的性灵，但晚明文人无耻的习气总是被略而不论。这对于了解晚明文学来说，其实是不够全面的。在本书中的其他章节中，我们对于晚明小品的成就已作了不少的介绍，在本节中，则侧重介绍晚明小品与晚明文人的一些不良习气。这样的目的是使读者更全面地了解晚明小品。

文章的风趣与佻薄之间有十分微妙的差别，风趣若稍过度便成为佻薄。在明人小品笔调中，风趣与佻薄往往交织杂陈。

先举一例。屠隆的朋友王百谷从江阴带牡丹花回去，屠隆便写了一篇《与王百谷》的尺牍：

携江阴牡丹归，此何异相如从临邛窃文君逃哉？相如区区以一文君，遂病消渴，今为文君者数十，奈何不令王先生憔悴乎？

自古以花喻美人的相当多，以文君喻牡丹只是寻常的比喻罢了。然而屠隆把王百谷从江阴带牡丹花归，比喻为司马相如从临邛带卓文君私奔，这种比喻却不免出人意料。"窃"而且"逃"，于是妙趣横生。花之可爱、王先生惜花之情由此诙谐笔下尽出，而下文则纯是调侃口吻了：司马相如只拥有一个卓文君，便已生出消渴之病；而您老先生一下子带走了"文君"数十，如何消受得了，你岂不是更要为伊消得人憔悴吗？这种调侃，不免有点佻达，谑而近于轻狂，但玩笑开得还不至于"虐"，就在于它还有点雅趣。

田艺蘅《留青日札》卷之二十五《酒令》条记录了他与当时一些雅士饮酒时的酒令，如：

杨大年有《闲忙令》云："世上何人最号闲？司谏拂衣归华山；世上何人最号忙？紫微失却张君房。"

客举为令，禁用故事，但用常言行之。或曰："云云闲？顺风顺水下平滩；云云忙？过关过坝抢头航。"或曰："云云闲？极品归家又有钱；云云忙？参官溺（尿）急没处宽。"众大笑曰："此真忙矣。"

余曰："世上何人号最闲？娼家孤老包过年；世上何人号最忙？妇女偷情夫进房。"众又大笑称妙。

晚明文人生活中，流行各种酒令、奕律，这也是生活艺术化的一个方面。而在田艺蘅所载的酒令，虽然博得众人"大笑"或"大笑称妙"中，其实与《红楼梦》里的薛蟠那些令人喷饭的酒令与诗句相去不远。我们不难看到当时的雅人高致，其实包含着对于俗趣的追求。

又如张应文著有《张氏藏书》凡十种，其《箪瓢乐》中有一篇叫《粥经》的文章，内容是写吃稀饭的。全文模仿《论语》的口气写成，如在《论语·阳货》篇中孔子说过："小子何莫学夫诗？诗可以兴，可以观，可以群，可以怨。迩之事父，远之事君，多识于鸟兽草木之名。""子谓伯鱼曰：女为《周南》《召南》矣乎？人而不为《周南》《召南》，其犹正墙面而立也与？"而张应文的《粥经》则模拟道：

小子何莫吃夫粥？粥可以补，可以宣，可以腥，可以素。暑之代茶，寒之代酒，通行于富贵贫贱之人。

子谓伯鱼曰：汝吃朝粥夜粥矣乎？人而不吃朝粥夜粥，其犹抱空腹而立也与。

全文生剥孔子，且不说这是对于儒家经典的大不敬，而行文轻佻，戏谑而成俗趣。这种文笔在晚明文人的作品之中，并不少见。

再举一例。宋懋澄在《与家二兄》一札中在谈到自己的读书兴

　　　　　　　　　旨永神遥明小品

趣时说："吾妻经，妾史，奴稗，而客二氏者二年矣。然侍我于枕席者文赋，外宅儿也。"（《九籥别集》卷之一）这里全是比喻，以经为妻，以史为妾，以稗为奴，以佛道为客。但日夕相处，最有感情的还是诗文辞赋一类的文学艺术作品，它们就像"外宅儿"非正式夫妻关系而与之同居的妇女（大概类似于情妇）。俗话说："妻不如妾，妾不如偷。"宋懋澄用明媒正娶的妻、妾比喻经史，而以婚外偷情的"外宅儿"比喻文学艺术，自然是为了表达自己对于文学艺术的倾心和偏爱。这比喻当然是相当新巧奇特，也比较幽默和风趣。这个比喻其实也是有所本的，它是从宋人对于林和靖所谓"梅妻鹤子"的雅称而引申的，但细细品味，总觉得相比之下宋懋澄的口吻新奇风趣但未免显得轻佻。虽然比喻毕竟只是比喻，不能认真，也不必求实，但它又的确折射了男权中心社会中封建文人的享受心态和猎艳口味。又如宋懋澄的尺牍《与白大》说："我于女子，不能忘情，亦不能久癖；譬如黄鸟，山中逢鲜荫木，辄税羽施声，须臾便翻然数岭，心境两忘。"（《九籥别集》卷之二）这里所表现的对于女子的态度，在晚明文人自己看来，是十分潇洒自得的，但其口吻还是儇薄的，而这种风趣而显得轻佻的口吻在晚明是相当普遍的。这也许就是所谓的"晚明习气"吧。

晚明社会相当普遍的"山人现象"，也反映了当时一部分文人的心态与习气。有些晚明小品的作者，本人便是山人。山人，原是隐士的意思。明代科举盛行，文人们或一心一意或三心二意，但绝大多数奔走在这条道路上，真正的隐士并不多，如《明史·隐逸传》说的，明代中叶以后，"绝意当世者，靡得而称焉。"奇怪的是在明代中期之后，忽然出现许多"山人"，如赫赫有名的陈眉公。《四库全书总目》卷一八〇说："有明中叶以后，山人墨客，标榜成风，稍能书画诗文者，下则厕食客之班，上则饰隐君之号，借士大夫以为利，士大夫亦借以为名。"（赵宧光《牒草》提要）这种山人的身份是相当奇特的，非工非农，非宦非商，没有什么固定职业，却有士大夫般的享受。山人的出现，是社会的需要，士大夫需要借他们的名，而他们也需要借士大夫的利。

在晚明小品中，我们已经看到大量揭露山人行径的作品。沈德符《万历野获编》中所说："山人之名本重，如李邺侯仅得此称。不意数十年来，出游无籍辈，以诗卷遍赞达官，亦谓之'山人'。始于嘉靖之初年，盛于今上之近岁。"（《山人名号》）许多山人与传统的隐士根本不是一回事，"隐"并不是他们的目的，而只是一种手段。"山人"成为一种职业，这些人为了附庸风雅，标榜清高，出入于达官贵人之门，以文学艺术作品为资，骗取清誉。甚至为非作歹，惹是生非，成为知识分子中的败类。做山人的基本条件是须有文人的基本素质，写得诗文。李贽《又与焦弱侯书》讽刺当时的"圣人"与"山人"都是同样的货色。会写几句诗，就自称为"山人"，不能诗者，便去做"圣人"；能讲良知者为"圣人"，讲不了良知便成了"山人"。这样"展转反复，以欺世获利，名为'山人'，而心同商贾；口谈道德，而志在穿窬"。（《焚书》卷二）李贽尖锐地指出这种"山人"的本质与商人一样，都是为了"获利"，这种现象也许正是商品经济给文人带来的影响。

"山人"本是一种美称，但逐渐引起人们的厌恶。晚明小品中也有一些作品揭露了山人这种不良的文人现象。如薛冈在《辞友人称山人书》中，对于友人称他为"山人"提出异议，因为"山人之名，道是美称，实成丑号"。并且详论当时山人十种讨厌的行为表现：

身匪章缝，家起卑陋，难亲显贵，故盗美名。思溷衣冠，以微盼睐，一也；既盗美名，顿忘本相，未通章句，亦议风骚，诘其所学，茫无应声，二也；薄操一艺，杂处嘉宾，月席花筵，旅进旅退，揖让坐作，居之不疑，三也；一闻好客，百计求交，耽耽贵人，以为奇货，甫擅交欢，反谤介绍，四也；察其喜怒，委曲迎合，得其意旨，婉转趋承，日事左右，以求誉言，五也；偶然邂逅，退即造门，怀刺遍投，惟日不足，执礼足恭，从阍人始，六也；年无老幼，刺总"晚生"，交无浅深，称皆"知己"，沾沾向人，夸其道广，七也；既称山人，略无野致，轻衣肥马，广厦侈庖，驰骋国门，以明得意，八也；贪借厥宠，舌可舐痔，稍拂我情，口常骂座，自取贵人，署门免见，九也；其最甚者，交好阳密，阴伺隐微，满腔机械，不可端倪，持人短长，快我齿颊，十也；今之山人，此其大略也。人有此类，殃莫大焉；山有此人，辱莫甚焉！（《冰雪携》下册）

这里指出当时山人常见的劣迹和丑态，他们不学无术，窃取清名，厚颜无耻，品格低下，又惹是生非。这篇小品可能是晚明时期对于"山人"行径揭露得比较全面深刻的文章。古人说"文人无行"，而这里所言，可说是"山人无行"。这种"山人"，不但有辱于"人"，也有辱于"山"。山人是晚明文人群体中比较特殊的一个阶层，这个阶层的成员多是在科举之路走不通，于是改换门庭，成为山人。山人是那些混不上的在野的知识分子，他们的品性，受到时代环境的影响，而带有商业气和流氓气，成为士大夫的帮闲文人。中国古人文人的许多毛病，至此似乎发展到登峰造极的地步。

除了山人之外，晚明的许多文人清客也是自拟清高，内心是其实非常向往享乐富贵的。郎瑛《七修类稿·奇谑类》中"诗人无耻"条：

近见金华一友，惯游食于四方，以卖诗文为名，而实干谒朱紫。有私印一颗，其文云："芙蓉山顶一片白云。"其自拟清高如此。友人商履之嘲曰："此云每日飞到府堂上。"闻者绝倒。

此则笑话又见于冯梦龙的《古今谭概》"微词部"，看来是当时非常有名的笑话。白云，本来代表着高洁之志，如陶弘景的诗说："山中何所有，岭上多白云。只可自怡悦，不堪持寄君。"(《诏问山中何所有赋诗以答》) 这位仁兄自称为芙蓉山顶的"一片白云"，本应志存高洁才是，但这一片山中白云，却喜欢每日飞到官府堂上，这多么具有讽刺意义！这也就像人们讽刺陈眉公是"翩然一只云间鹤，飞去飞来宰相衙"一样。山人之心系于富贵，而市井之人又都在奢谈清高和向往归隐，其实这是相似的社会心理，正如袁宏道所说的："居朝市而念山林，而居山林而念朝市者，两等心肠，一般牵缠，一般俗气也。"(《袁宏道集笺校》卷四十三《答吴本如仪部》) 刘勰在《文心雕龙·情采》中批评当时："有志深轩冕，而泛咏皋壤；心缠几务，而虚述人外"的"为文而造情"的现象，其实，在晚明的小品中也存在不少这类矫情之作。

晚明小品中也反映出当时文人在学风方面的一些毛病，顾炎武《日知录》卷十八在谈到明人的学风时引用王世贞的话说："今之学者，偶有所窥，则欲尽废先儒之说而出其上；不学，则借'一贯'之言以文其陋；无行，则逃之性命之乡，以使人不可诘。"顾炎武评曰："此三言者，尽当日之情事矣。"(《朱子晚年定论》) 这里指出明代文人三方面的毛病，一是喜欢推翻前人的说法，一是不学，一是无行。的确，晚明文人的思想多驳杂，不儒，不释，不道；亦儒，亦释，亦道。晚明文人学士多炫博学，但多杂而浮浅，尤在学术方面，益见空疏。而晚明文人为文又喜欢做翻案文章，当然不少翻案文章表现了独立思考的精神。但也有一些文章，为了翻案而翻案，未免给人以哗众取宠的印象。

颠狂癖病求真气

晚明文人的人格是非常有特点的。

在传统的价值观中，文人人格通常是受到批评的，如曹丕说的"观古今文人，类不护细行，鲜能以名节自立"。(《与吴质书》)《颜氏家训·文章》中说："自古文人多陷轻薄。"都是对于文人才士人格的批评。自从宋代以后，尤其是程朱理学之后，许多文人以儒学的圣人人格作为人生修养所追求的目标，力求获得尽善尽美的人格。儒家传统的理想人格以修身为本，文人应该通过格物、致知、诚意、正心的修养，成为能够安贫乐道、自强不息的真、善、美兼备的正人君子。

在明初，像宋濂与方孝孺这些儒家学者，追求的就是圣人人格，他们拒绝被人称之为文人，认为称他们为文人是对于他们的轻视与侮辱。但到了晚明因为程朱理学逐渐失去了崇高的地位，个性之风崛起，文人追求独特的个性的兴趣远远大于对于有规范性的完美人格的兴趣，因此晚明文人更为欣赏的恰是有特点的文人人格而不是完美的圣人人格。

晚明一些文人既无兼济天下之志，亦未必有独善其身之意，他们最为欣赏的并不是这种道德完善的君子人格，而是狂狷癖病的文人才子人格。晚明文人并不追求人格的完美，在他们看来，有弱点有缺陷的个性才是真正的优点。张大复有《病》一文说："木之有瘿，石之有鸲鹆眼，皆病也。然是二物者，卒以此见贵于世。非世人之贵病也，病则奇，奇则至，至则传。""小病则小佳，大病则大佳。""天下之病者少，而不病者多，多者吾不能与为友，将从其少者观之。"有"病"，才有个性，有情趣，有锋芒，有不同世俗之处。

其实，张大复欣赏文人的"病"，并不是他一人的私见，而是晚明文人共识，袁宏道在《与潘景升书》中认为世人但有殊癖，便是名士。"弟谓世人但有殊癖，终身不易，便是名士。如和靖之梅，元章之石，使有一物易其所好，便不成家。纵使易之，亦未必有补于品格也。"林和靖对于梅，米芾对于石，都有一种痴迷执着的爱恋之情，故成名士。因有"殊癖"才有个性，有理想，有追求，有忘乎一切的执着之情。

当然袁宏道所说的这种"癖"指的是对于高雅事物的执着，但也有不少人实际上倒多是对于声色的"癖"。同样，张岱也说"人无癖不可与交，以其无深情也；人无疵不可与交，以其无真气也"。(《五

旨永神遥明小品

异人传序》)"无癖""无疵"之人不可作为朋友交往，因为他们缺少"深情""真气"。晚明人推崇的是突出的而又真实的个性，"癖"与"疵"其实就是那种不受世俗影响，没有世故之态的人格。人有"癖"有"疵"，才有执着的深情和真实的个性。

蚌病成珠，文人之"病"则成为一种不同世俗的情致。晚明程羽文在《清闲供》的"刺约六"中详细论及文人的六种"病"以及这些"病"在日常生活中的表现，这六种"病"是癖、狂、懒、痴、拙、傲：

一曰癖。典衣沽酒，破产营书。吟发生歧，呕心出血。神仙烟火，不斤斤鹤子梅妻；泉石膏肓，亦颇颇竹君石丈。病可原也。

二曰狂。道旁荷锸，市上悬壶，乌帽泥涂，黄金粪壤，笔落而风雨惊，啸长而天地窄。病可原也。

三曰懒。蓬头对客，跣足为宾。坐四座而无言，睡三竿而未起。行或曳杖，居必闭门。病可原也。

四曰痴。春去诗惜，秋来赋悲。闻解佩而踟蹰，听坠钗而惝恍。粉残脂剩，尽招青冢之魂；色艳香娇，愿结蓝桥之眷。病可原也。

五曰拙。学拙妖娆，才工软款。志惟古对，意不俗谐。饥煮字而难糜，田耕砚而无稼。萤身脱腐，醯气犹酸。病可原也。

六曰傲。高悬孺子半榻，独卧元龙一楼。鬓虽垂青，眼多泛白。

偏持腰骨相抗，不为面皮作缘。病可原也。

他们不理生计，不修边幅，傲对权贵，蔑视众生，多愁善感，行为古怪。这些"病"，其实正是文人名士的个性和习气。他们的感情与脾气，他们的生活方式与处世方法，都与正常的俗人俗事不同。不同于世人，故称"病"。文人的生活情趣，都是由这种种"病"所生发的。有了病，才有诗意，才有意趣，才有不同寻常之处。程羽文写道，"病可原也"，其实这些"病"岂止"可原"，更是可赞可叹。这里所写，也正是对于种种"病"的赞歌。晚明文人的风习，固然很少"乡愿"之风，但大多是玩世不恭、放达跌宕的。

　　袁宏道曾赠给张幼于一首诗，诗中有"誉起为颠狂"之语，大概张幼于对"颠狂"二字的评价不满，袁宏道给他写了一信，信中说，"颠狂"两个字，其实是一种很高的赞词。"夫'颠狂'二字，岂可轻易奉承人者。"他引经据典来说明颠与狂的价值，"狂为仲丘所思，狂无论矣。若颠在古人中，亦不易得，而求之释，有普化焉……求之儒，有米颠焉。"实际上，孔子并不推崇"狂"，孔子在《论语·子路》中说："不得中行而与之，必也狂狷乎？"狂狷都违背了中庸之道，偏于一面，过于偏激。中郎借用孔子大旗来高度评价了"颠狂"的品格，接着说"不肖恨幼于不颠狂耳，若实颠狂，将北面而事之，岂直与幼于为友哉？"（《张幼于》）可见"颠狂"不但是晚明文人喜

　　　　　　　　旨永神遥明小品

欢的人品，而且是一种推崇的理想。

程朱理学本身具有两重性：作为文化理想的理学和被政治异化而作为官方哲学的理学。程朱理学的初衷是要弘扬一种大同、和谐、亲情、友情的文化理想，弘扬人生理想、精神价值和道德境界的民族传统文化精神，因此它注重人性的崇高和理性意志，追求理性升华。平心而论，程朱理学讲求理想和理性意志、以理性主宰和支配感性，这些对于培养中华民族注重气节品德、自强不息的美德是有益处的。然而它一旦成为官方哲学，成为统治工具，也就逐渐成为束缚人们思想的绳索。不过当这种哲学被人们所推翻和否定，程朱理学对于人们思想意志的束缚固然消失了，但其原先的合理与积极部分也可能被人们所抛弃。

晚明心学代替了理学，理学作为官方哲学的衰亡，不但对于统治者是一种巨大的威胁，而且也极大地影响了整个社会秩序和社会心态。传统价值观的崩塌引起人们强烈的幻灭感，人们否定了程朱理学的理性意志，并竭力消除了它的约束，必然带来感性和生理自然欲望方面的膨胀。一方面人的理性力量的丧失，另一方面耽于声色，追求安逸和享乐的风气盛行。这正如张瀚在《松窗梦语》中所指出"人情以放荡为快，世风以侈靡相高"。晚明社会人欲横流的风气，与程朱理学的衰落有直接关系。

晚明文人和魏晋名士一样，都追求个性自由，蔑视礼法，放诞认真。但魏晋名士的文化品格带有世袭门阀制度下的贵族气息。他们言谈玄远虚无，清高绝尘，眼不看俗物俗客，口不言阿堵物。晚明文人的文化品格较为复杂，他们总体上是放诞风流，充分地肯定了人的生活欲望，"好货好色"，既追求精神超越的愉悦，也追求世俗的物质享受，既狂狷、潇洒、超逸、旷达，又善于"玩味"生活，不但那些琴棋书画，诗词歌赋这些传统文人的把式，连花卉果木、禽鱼虫兽、器物珍玩、饮食起居等等这些寻常的生活事物，皆被导入艺术的殿堂，以之表现雅人高士的澄怀涤虑、与物熙和的风流格调。

在晚明小品中，最大限度地展示了晚明文人理想的生活方式与风雅修养的具体标准，这种生活又世俗又雅致，是生活情趣与艺术诗情的结合，显示了一种享受人生的文化气质和处世态度。闲适，其实也是一种享受。晚明小品的一个比较集中的主题便是表现出文人的闲适的生活理想。这种生活情趣相当有文人色彩，它既不同于一般的平民百姓，也不同于商贾富豪或仕宦贵人。在平静幽深的环境中，追求一种富有艺术意味的恬淡、冲远、淡泊、自然的生活情趣，这种情调的小品在晚明文坛可谓俯拾皆是。这些小品除了反映出传统道德和审美理想对于文人的影响，更多地折射了当时庄、禅之风对于文人心态的影响。

但是闲适只是晚明文人生活理想的一个方面，而另一个方面则是放纵的、侈靡的享乐。这种兼闲适与放纵于一身的生活态度都明明白白地反映到晚明小品之中。袁宏道在《龚惟长先生》一信中谓人生有五种"真乐"，理想的生活要"目极世间之色，耳极世间之声，身极世间之安，口极世间之谭"，非把人世间物质和精神方面种种"快活"享受尽了不可，他的"真乐"还推崇"恬不知耻"的生活方式。张岱《自为墓志铭》说他少年时"极爱繁华，好精舍，好美婢，好娈童，好鲜衣，好美食，好骏马，好华灯，好烟火，好梨园，好鼓吹，好古董，好花马，兼以茶淫橘虐，书蠹诗魔……"从这真率得肆无忌惮的表白来看，说他们是一帮纵情声色、放浪形骸的"大玩家"，恐怕正是他们乐于接受的雅号。明代中期以后，文人们奢靡淫纵的社会风气日盛。从朝廷以至民间，莫不如此，纵情声色，是当时文人的通病。他们一方面摆脱了伦理纲常的束缚，另一方面又坠入情波欲海之中而难以自拔。其中亦有一些文人确是借醇酒妇人来发泄精神上的苦闷，但多数只不过是一种放浪不羁的生活爱好。他们往往以相当高雅的理由和理论来为自己解脱，以堂皇的借口巧饰渔色纵欲的放荡行径。袁宏道在《叙陈正甫会心集》一文中批评有些人"或为酒肉，或为声伎，率心而行，无所忌惮，自以为绝望于世，故举世非笑之不顾也"。其实，他们所批评的也正是他们在现实中的行径。比如袁宏道就曾说："弟世情觉冷，生平浓习，尤过粉黛，亦稍轻减。"（《顾升伯修撰》）又说："弟往时亦有青娥之癖，近年以来，稍稍勘破此机。"(《李湘洲编修》)袁宏道所言，虽是带有忏悔心情来说的，但也道出他以往的生活情趣。事实上，在晚明整个社会可谓上恬下嬉，竞尚浮华，文人们流连风月，沉湎花柳，纵情声色，要完全归之于个性解放，似评价过高。

从大量晚明小品中也可以看出晚明文人的人生观与价值观。在晚明许多文人笔下，人生的价值就在于追求物质和精神的享乐。传统知识分子那种对于修身、齐家、治国、平天下的政治功业和道德理想的追求已经不怎么吸引人了，而许多人都把满足个人的生活欲望和精神需求作为人生的最高理想。这个时代，人们所追求和欣赏的是如何及时行乐，而传统那种安贫乐道的清苦生活方式并不为人们所欣赏。从晚明大量的清言、清赏一类小品来看，当时文人对于精神生活与物质生活享乐的讲究十分艺术化，不但生命的每个阶段，每个季节，每天甚至每时每刻，都有一套周密和系统的享乐计划。这个时代的文学充满着高雅情致的精神追求与感官欲念的物质追求相结合的享乐意识。在晚明大量的小品文中，反映出相当矛盾的倾向，一方面，他们鼓吹清心去欲，绝尘去俗，追求长生，但另一方面是追求物质享受，追求犬马声色之乐。可以说，纵情享乐和清心寡欲两种截然不同的人生态度矛盾统一地并存在晚明文人的生活中和创作中。

旨永神遥明小品

网中鱼鸟不平声

　　鲁迅先生在《小品文的危机》一文中曾说过，"明末的小品虽然比较的颓放，却并非全是吟风弄月，其中有不平，有讽刺，有攻击，有破坏。"（《南腔北调集》）这种论断比较全面地评价了晚明小品的思想内容，晚明小品文虽以空灵清远和闲适颓放为主旋律，但其中亦有一些贴近现实、反映出当时文人不平之情的作品。而其中最有时代特点的，莫过于明人对于八股取士制度的不平与无奈的心情。

　　在当时明代这个社会中，文人是不可能真正摆脱名利的诱惑的。就像韩廷锡在《答林九还》一信中所说："承示功名一念，比前稍淡，谈何容易耶？古今多少铁汉，平日口里咬破顽石，一到功名场中，便打折骨头。"（《尺牍新钞》卷之一）晚明文人这种对于功名的矛盾态度，典型地反映在对于八股取士制度的态度之上。　明代以科举取士，而试士之法，专取儒家的四书五经来命题，其形式"略仿宋《经义》，然代古人语气为之，体用排偶，谓之'八股'，通谓之'制义'"。

（《明史·选举志》）清代思想家廖燕说："明太祖以制义取士，与秦焚书之术无异。"因为士子除了四书之外，其他书可以束之高阁，于是"天下之书不焚而自焚"。（《二十七松堂集》《明太祖论》）其实明人并非不知道八股之无用，但既然它是通往功名的唯一道路，只好知其不可而为之了。早在归有光，就表现出这种矛盾。归有光多次表示出对于八股文的厌恶之情。认为"自科举之习日敝，以记诵时文为速化之术"。（《跋小学古事》）指出"近来一种俗学，习为记诵套子，往往能取高第……惟此学流传，败坏人材，其于世道，为害不浅。夫终日呻吟，不知圣人之书为何物，明言而公叛之，徒以为攫取荣利之资"。（《山舍示学者》）但归有光仍编过两册八股文的范本给人作为科举的教材，在他的文集中，他为八股文集子所写的序言还保留着。而他本人的作品，多少也沾染了八股的习气。

郑之玄在《自序》中说得好，"制义之业，戈戈无当，但有此物，即有此物之声价，有此物之嫡派。"（《明文海》三百八）自从有了八股之后，便形成一种"八股之学"，让文人们去钻研。可见明代的许多文人，对于八股持一种厌恶、轻蔑的态度，但只有八股文才能带来光宗耀祖和富贵荣华，为了自己的前途和生计，只好无奈地走上科举之路。于是大多文人读书的目的便是博取功名，正如谢肇淛在《五杂组》卷之十三所说："今之号为好学者，取科第为第一义矣；立言以传后者，百无一焉；至于修身行己，则绝不为意矣。"科举在当时也是社会对于文人的一种价值标准，袁中道中进士以后备选时写了一封《与梅长公书》："看来世间自有一种世外之骨，毕竟与世间应酬不来。弟才入仕途，已觉不堪矣。荣途无涯，年寿有限，弟自谓了却头巾债，足矣，足矣。升沉总不问也。"从尺牍中流露的思想看，似乎科举是文人一生应该偿还的"债务"，文人奋斗的目的便是为了"了却头巾债"，他们的心态十分复杂，既悲哀，又无奈。晚明的风气是个性的放纵，而八股恰好是最束缚个性与思想的一种文体。明人拿起八股文便要装出圣人道貌岸然的腔调，放下八股又露出放纵恣肆的文人习气，晚明人奔突于这两者之间，这种境地容易造成文人人格的两重性。

许多一辈子钻研时文的人，甚至被视为时文大师的人也未必高中科举。于是往往出现这种尴尬的场面：正如陈弘绪《答梅惠连》中所说："江汉、豫章之文，世之窃其词句者，皆得以取荣名、掇上第，而江汉、豫章能文之士，大半偃蹇屈抑于泥途之中。"所以有人以刘安为喻，"谓安之鸡犬皆得升天，而安反久滞于地上。"（《尺牍新钞》卷之三）其中一个例子就是晚明的陈际泰。陈际泰字大士，临川人。家贫力学，后与艾南英辈以时文名天下，但科举道路并不平坦。他在《答闽中罗美中》一牍中发牢骚说："弟文凡万首，行世者亦三千首。"人们对他说："海内得大士片纸只字，皆已掇巍科，跻昵仕。儿孙满天下，而祖父母尚自留滞人间，是天下极不平之事。"

那些得到陈际泰八股技法的人早已高中，而他自己却还在科场奋战，这是非常尴尬的事。不过，陈际泰还是不甘心，又把自己的经验传授给他们，希望自己的孩子能够继续走这条路，弥补自己的遗憾，并为他们在做八股文方面的爱好感到欣慰。"豚儿孝威、孝逸，颇好学能文，俱可一日十余艺。天迟弟如此，弟将以取偿之道寄诸儿。"（《尺牍新钞》卷之三）读之令人顿生感慨！

在小品文中，我们还可以看到，一些获得科举成功的人，也同样对科举不满。如周顺昌在中进士之后所写的《第后柬德升诸兄弟》中说：

　　今漫以书生当局，其筹边治河大政无论；有问以簿书钱谷之数，天下几何，茫不能对也。始知书不可不多读。平日为八股缘，用了许工夫，徒做一个不识时务进士，良可笑也。弟职应司理，偶展《大明律》一卷，深文刻字，多所未谙。乃信"读书不读律，致君终无术"两言非浪语也。（见《冰雪携》）

周顺昌在这里，当然有一些自谦的因素在内，但他所指出的当时"以书生当局"和"不识时务进士"却是深中时弊的。因为八股考试只要熟读圣贤书就足矣，那些"筹边治河大政""簿书钱谷之数"与法律，当然是不熟悉的。我以为，很多晚明小品真实而深刻地展现了当时多数文人对于科举的心态，似乎成为我们理解《儒林外史》一类作品的辅助读物。

在晚明批评八股文的文人中，曾异撰是一个有代表性的人物。他的作品，最为突出的价值就在于为我们提供了晚明士人在科举制度下的特殊心态。曾异撰在科举道路上蹉跎岁月，很不顺利，对此中况味感受深切，他在《卓珂月〈蕊渊〉〈蟾台〉二集序》中，承认自己是"为时义而不易售者"，还激愤地指出："今天下之人才，帖括养成之人才也；今日之国家，亦帖括撑持之国家也。吾观三岁取士，名为收天下豪俊，当事者舍经义而外弗阅。再三试阇牍，偶有通达慷慨之士，不以为触犯忌讳而不敢收，则谓是淹滞老生，反不如疏浅寡学者。"当时天下的人才，只不过是八股文养成的人才，而国家则是由八股文支撑着的国家。这是多么可悲的事实！因此他认为士人生于科举取士之时是一种"不幸"。（《明文海》二百五十五）在《答陈石丈》一信中，他又说：每次读科举之文，就不免感叹久之。他非常羡慕司马迁、杜甫诸君，因为他们用不着写八股文。他还夸口说，假如我无科举之累，得肆力于文章，固然不能胜过他们，亦未必尽出其下。接着，他又写出自己的矛盾心情：

以此为应制帖括事，每一举笔，辄谓我留此数点心血，作一篇古文辞，数首歌行，直得无拘无碍，而又庶几希冀于千百年以后，何苦受王介甫笼络。如此意况，似于富贵功名一道，极相嫌恨。虽未甘谢去巾衫，飘然为隐士逸民，又似不可强，昔人所谓抑而行之，必有狂疾耳。天下事必且日甚一日，此后极难题目，正需我辈为之。

（《尺牍新钞》卷一）

这里刻画出的心态在当时文人中是很有代表性的：既想走仕途，但又明白写八股文纯粹是浪费时间精力的事。这种心情相当矛盾，正如韩愈所说的"抑而行之，必有狂疾"，逼着去干违反本性的事情，是会让人发疯的。科举之路这是时代给文人出了一个必须以自己的青春和生命来回答的"极难题目"。无拘无束的思想、自由自在地抒发实感真情与现实生活中的名缰利锁之矛盾是不可调和的。曾异撰对于八股文作用的认识十分清醒，但仍无法摆脱其魔力。他仍然被时代潮流所裹挟，身不由己地向"富贵功名"的方向奔去，他的生命终点竟也系在科举考试之上，可不悲乎？

曾异撰在《与邱小鲁》一牍中，再次吐露了自己复杂与痛苦的心曲：

私念我辈，既用帖括应制，正如网中鱼鸟，度无脱理。倘安意其中，尚可移之盆盎，蓄之樊笼。虽不有林壑之乐，犹庶几苟全鳞羽，得为人耳目近玩。一或恃勇跳跃，几幸决网，而出其力愈大，其缚

旨永神遥明小品

愈急，必至摧鳍损毛，只增窘苦。(《尺牍新钞》卷一)

这里说的是八股取士的制度为文人造成两难的困境，然而推及其他，何尝不是如此？文人们只是封建制度的"网中鱼鸟"，他们面临着两种选择：要么顺从，那样能换来安全与适然，却失去了精神上的自由和人格上的独立；要么反抗，冲出樊笼，去追求个性的高扬，而那样又绝不可能成功，"必至摧鳍损毛"。曾异撰感觉到自己"缚急力倦，正不知出脱何日"。他自己一辈子的精神，大都消耗于此。在此之前，很少人对这种悲哀表达得如此真切。我以为晚明小品所表现出来的中国知识分子的这种悲剧现象，是极为深刻精彩而又极为令人心酸的。

以八股取士是明代文化的一大特征，它对广大知识分子生活带来巨大的影响。傅占衡的《吴、陈二子选文糊壁记》对于此作了颇为深沉的思考：

山中织茅为壁，其土疏恶不埴，三日干，洞如窗棂。奴子自城下来，抱一捆文字为予糊之。试阅焉，皆吾友吴仲升、陈惟易二人选庚辰、丁丑进士文也，中多朱墨细批。惟易字不知何从奴子得也。予所处无帷帐，既以避风寒、虫蚁之害，暑中跣脚上床，遇不睡时，或横观，或正视，至其与文争题，不苟同世处，时有郁然思者，已复哑然而笑。

前十年从二子铢铢两两于此，今何轻之至是？二子呕心肝为文，不能丰稼穑、饱邦民，又不得以所选文之意风动有司，移易风俗。一则老得一低乡举，如今飘零海上，"死别已吞声，生别常恻恻"，予日日诵之；一则葬父无具，头白母养无策，流离寄食。时文衰则师座废，虽金溪人，如无家人。两生效如是，安得不泥诸壁？

且自洪武辛亥以来，名儒钜工、照史硕老皆专是出。成化间，始微标名目，如王、唐、薛、瞿。到崇祯末，房如蝶，社如蝗。言理学，则周、程、张、朱之嫡派在是；谭文彩，则左丘明、司马迁、刘向、扬雄衔官奔走。美其助朝算、裨世用，则"二十一史"治乱成败眉列，未尝不似。然其末也，上不能当一城一堡之冲，次不足备一箭一炮之用，最下不可言。由此论之，糊壁为幸！

昔汉文帝恭俭，集上书囊为殿帷。虽二子不幸，无上书囊之遇，然未至以所学添祸人国，玉石同诋。存其朴论，安知无河间献王者？故予卧则已，醒则睇，虽哑然笑而犹时郁然思也，作《糊壁记》。（《明文海》卷三百五十二）

在这里，我们不惮其烦地抄录全文，因为这篇尚未为人所注意的文章，实在是一篇思想性与艺术性颇高的小品。观文中有"到崇祯末"一语，应是明亡以后之作也。这是一篇对于明代八股取士制度一种冷峻反思的作品，他以偶然看到二位旧友年轻时为了准备科举考试的八股范文，如今被人用以糊壁御寒的事入手，沉痛地揭露科举制度对于当时士子的残害。二位文友曾与作者一起潜心研究八股文，但一位"飘零海上"，一位不能葬父，不能养母，自己也无家可归，他们的下场何其悲惨！文章也反映出八股文的本质，虽盛极一时，"房如蝶，社如蝗"，然八股文却是"不能丰稼穑，饱邦民"，"上不能当一城一堡之冲，次不足备一箭一炮之用，最下不可言"，可说是百无一用。作者日夕对着旧友抄录的八股文，"虽哑笑而犹时郁然思也"，作者并非对这种现象作一般性的嘲笑，而是从根本上表示了对科举制度的怀疑，对受八股之害的文人深切的同情。作者最后说，这两位文友的八股文被人用来糊壁，终究发挥了某种作用，这其实还是幸事，因为它还不至于"以所学添祸人国"。从此看来，八股文不但无益，而且那些因八股文而高中入选，步上仕途者还可能给国家和人民带来灾祸。作者的艺术构思十分巧妙，古人所谓"补壁"之说，都是作者对自己作品的自谦，而此文却是以此为题，写出一个真实的令人感慨的故事，正因为朋友的八股文被糊于壁上，才得以与之日夕相对，从而引发回忆和深思。文章从远处徐徐道来，文笔平和而动人心魄。明清两代批评八股文者甚多，而像傅占衡这样深切沉痛而鞭辟入里的作品可称是其中杰作。

药方拈来成小品

中国古代的杂文学形态是相当丰富、相当精彩的，有的尚未为今人所了解，比如以药方的形式来写作文章。药方本是医生治病救人的处方，它是针对病症，制定出单味或若干药物配合组成的方剂，与文学可谓风马牛不相及的。不过，古人却信手拈来，以药方的形式写出富有情趣的文章来。

药方式的文章其起源可能是晋人的轶闻。《晋书》卷七十五讲范宁曾患眼疾，向张湛求药方，张湛向他传授了"世世相传"的治眼"古方"："用损读书一，减思虑二，专内视三，简外观四，旦晚起五，夜早眠六。凡六物熬以神火，下以气筛，蕴于胸中七日，然后纳诸方寸。"如果长期服用此方，"非但明目，乃亦延年。"在这里，张湛是带着开玩笑的口气调侃范宁的。他的意思是多休息，少读书，少操心便是治疗眼睛和养生的最佳方法，坚持下去，还可以延年益寿。但他的说法比较幽默，把平常的意思用一种药方的形式来表现。

旨永神遥明小品

这其实可以看作是一则颇有情致的小品文了。

唐代的张说写过《钱本草》一文，"本草"，就是中药。古代记载中药的书，多称"本草"，如《神农本草经》等，这种书多记载药的产地、形态、栽培及采集方法、药的性味与功用。张说把金钱比喻为一味药，文章说：

钱，味甘，大热，有毒。偏能驻颜，彩泽流润，善疗饥寒困厄之患，立验。能利邦国，污贤达，畏清廉。贪婪者服之，以均平为良，如不均平则冷热相激，令人霍乱。其药采无时，采至非理则伤神，此既流行能役神灵，通鬼气。如积而不散，则有水火盗贼之灾生；如散而不积，则有饥寒困厄之患至。

一积一散谓之道，不以为珍谓之德，取与合宜谓之义，使无非分谓之礼，博施济众谓之仁，出不失期谓之信，入不妨已谓之智。以此七术精炼方可，久而服之，令人长寿，若服之非理，则弱志伤神，切须忌之。

关于金钱，晋朝的鲁褒就写过著名的《钱神论》，文中以赋体的形式尽力地描写了金钱的巨大作用："大矣哉，钱之为体，有乾有坤，内则其方，外则其圆。其积如山，其流如川。""亲爱如兄，字曰孔方。失之则贫弱，得之则富强。无翼而飞，无足而走。""钱能转祸为福，因败为成。危者得安，死者得生。性命长短，相禄贵贱，皆在乎钱。”文章以愤世嫉俗的眼光，刻画出在金钱社会里种种人情世态。张说的《钱本草》并不再落此窠臼，他以“本草”的方式写出金钱的种种利弊，文章虽只有近两百字，但形式上很有特点。他以“本草”的方式来写文章，在形式上确有创造性，但这种形式上的创新，与其表现对象是非常合适的。因为把金钱比喻为既可造福于人，也可以置人于死地的“药”，他的文章对于金钱正反作用的分析，显得非常有理性。

在唐代以“本草”形式写文章规模最大的恐怕是侯味虚，他曾任户部郎，写过《百官本草》，全书已不可见了，但可以推测他是以“本草”的形式来阐明百官职能的。现在我们可以从其他著作中了解《百官本草》，如唐人张鷟《朝野佥载》中就记录了《百官本草》中关于“御史”的“本草”：“大热，有毒。主除邪佞，杜奸回，报冤滞，止淫滥，尤攻贪浊，无大小皆搏之。畿尉簿为之相，畏还使，恶爆直，忌按权豪。出于雍洛州诸县，其外州出者尤可用，日炙干硬者为良，服之长精神，减姿媚，久服令人冷峭。”这里的御史，是指监察御史，其责任是除邪扶正，清除腐败，平反冤案，所以必须是铁面无私，不畏权豪，此则本草便是根据御史的这些特点而写的。

到了宋代慧日禅师模拟《钱本草》而写成《禅本草》一文，把

旨永神遥明小品

禅作为一剂拯救人生的良药："禅，味甘，性凉。安心脏，祛邪气。辟壅滞，通血脉。清神益志，驻颜色。除热恼……如缚发解，其功若神，令人长寿。"袁中道又作《禅门本草补》，认为"禅"还有"讲""戒""定"诸味。如"戒"味一则：

戒，味辛，微苦，回甘。陈久者辛味亦尽，性凉，阳中阴也。须煅炼炮制极净，置污浊处，便常用澡浴，其树或五叶，或八叶，或十叶，或一百二十叶，大小粗细久近不同。四月八日及腊月八日采之，良不可自取。须曾采者指示乃得。此味号为"药中之王"，能治百病，不论元气盛衰，皆宜服之。元气盛者恃强不服，能至狂疾；衰者初服觉苦辣，频频服之，久自得味。其药易破，宜谨收藏护惜，小破坏犹可用，若大坏者，不堪用也。亦有小毒，偏服者损目。

佛教的"戒"，本是"禁制"之意，佛教有五戒，十戒，二百五十戒等戒律。慧日禅师的《禅门本草》和袁中道《禅门本草补》与《钱本草》一样，都是模拟记载中药药性的"本草"形式而写的，形式上显得相当别致，而文中的意义又是双关的。如"戒"有那么多清规戒律，要实行当然是"味辛，微苦"，但久而收益，则"回甘"了。

　　唐宋人《钱本草》《禅本草》以"本草"的形式为小品文，明人受到这种构思的影响，但转而以药方的形式为人生修养小品。如《说郛续》卷二十九中，就选入了杜巽才（铁脚道人）《霞外杂俎》，其中有《快活无忧散》《和气汤》等文，都是用药方的形式写成的人生修养小品。如《和气汤》一则：

和气汤（专治一切客气、怒气、怨气、抑郁不平之气。）

先用一个"忍"字　　后用一个"忘"字

右二味和均，用"不语"唾送下。

此方先之以"忍"，可免一朝之忿也；继之以"忘"，可无终身之憾也。

服后更饮醇酒五七杯，使醺然半酣，尤佳。

汤，指药汤，是中药剂型的一种。铁脚道人把"忍"和"忘"两者作为药物，来治"客气、怒气、怨气、抑郁不平之气"，故取名为"和气汤"。作者巧妙地借用药方的形式，以忍耐与忘却作为两味药，并以沉默"不语"相配，服用此"和气汤"之后，又再饮几杯美酒，遂醺然梦入黑甜乡中，那些烦恼与不平自然消失了。

铁脚道人的《霞外杂俎》中的"快活无忧散"一则，写得也相当有韵味。"快活无忧"这种药散是由"除烦恼、断妄想"二味药配成的，二味药虽不复杂，但配药与服药之法却是相当讲究的：

旨永神遥明小品

快活无忧散

除烦恼　断妄想

右二味等分，为极细末，用清静汤调服。

此方药味虽少，奏功极大。且药性不寒不热，不苦不辛。不必远求之产药之区，自我求之，自我得之。虽神农本草所未载，东垣、丹溪诸老所未论及，自是人间一种妙药。苟能日服一剂，胜服"四君子汤"百剂也。

凡合此药，先要洒扫一静室，窗棂虚朗，前列小槛，载花种竹，贮水养鱼。室中设一几、一榻、一蒲团，每日跏趺静坐，瞑目调息。将前药服之。

至三炷香久，任意所适，或散步空庭，吟弄风月，或展玩法帖、名画，或歌古诗二三首、倦则啜苦茗一瓯，就枕偃息，久久觉神气清爽，天君泰然，不知人间有烦恼，不见我心有妄想，则斯效可睹矣。

作者巧妙地运用中医方药学，论述药的性味、配药法、服药法，其意在宣扬一种道家清静无为的人生哲学和理想的生活方式，但化虚为实，细写"合药""服药"所必备的环境、心境，药方的作用，全文虽寥寥仅一百来字，但妙趣深意，见于言外。

晚明小品中此类形式的作品不少。如屠本畯也著有《韦弦佩》

一书。"韦弦佩"取名古语，"性急者佩韦，性缓者佩弦。"此为论人生修养之书。书中有"处方"一章，辑录晚明此类作品。他认为，隐居山林者有五种不治之症，这些全是由于利欲熏心、虚情假意所致的。这些病是"神农、岐伯所未论之证,《本草图经》所不载之药。又安能针砭哉？"但是，仍有七种处方可治之。屠本畯所辑录的七种处方是《和气汤》《快活无忧散》《处穷方》《一味长生饮》《六味治目方》《无比逍遥汤》《四妙诚实丹》，这些都是以中医药方的形式，巧妙地阐明了道家的人生理想。如《无比逍遥汤》一文：

无比逍遥汤（专治伦理难医之症）

　宁耐一个　　糊涂一个　　学聋一个

　正经三分　　痴呆七分

　和勺用"感化汤"下，如前症未便即愈，再加"逍遥"一味服之。吕新吾云："心不必太分晓，才分晓，便是糊涂。"陈眉公云："留三分正经，以度生，七分痴呆以防死。"医伦理之要药也。

所谓"无比逍遥汤"其实是一种处世哲学。提倡对于外界事物采用忍耐的态度、装聋作哑的糊涂方式，恰当地处理"正经"与"痴呆"的关系，这种处世哲学回避生活中的矛盾，自然是"无比逍遥"了。

　　　　　　　　　　　　　　旨永神遥明小品

以药方的形式写小品，其实是从古人养生理论上发展起来的。陶弘景《养性延命录·教诫篇》："少不勤行，壮不竞时，长而安贫，老而寡欲，闲心劳形，养生之方也。"陶弘景正式把这些人生修养作为"养生之方"。

明代龚廷贤在《鲁府禁方》中有一篇文章叫《医有百药》更是变本加厉地开列这种非药物的药方：

思无邪僻是一药，行宽心和是一药，动静有礼是一药，起居有度是一药，近德远色是一药，清心寡欲是一药，推分引义是一药，不取非分是一药，虽憎犹爱是一药，心无嫉妒是一药，教化愚顽是一药，谏正邪乱是一药，戒敕恶仆是一药，开导迷误是一药，扶接老幼是一药，心无狡诈是一药，拔祸济难是一药，常行方便是一药，怜孤惜寡是一药，矜贫救厄是一药，位高下士是一药，语言谦逊是一药……

龚廷贤的药方一直开列下去，总之是把各种他认为是人生必要的修养和美德都作为一味药开列入药方之中。但是这药方毕竟不是文学作品，只是一种道德修养的图解和罗列，而缺乏文学表现手段，缺乏一种动人的情致和韵味。

而从《钱本草》《百官本草》到《禅本草》，再到晚明小品中的药方小品，其艺术色彩逐渐增强，笔法也越来越巧妙，"药方"与"本草"相比，小品味更浓，而且像《快活无忧散》还明显吸收了晚明清言清赏一类小品的表现方式，在作品中十分注重对于人生艺术境界的构建。《韦弦佩》中除了"处方"之外，又有"艾观""药镜""却病"诸章，形式也相近，都是从《钱本草》《禅本草》一类小品形式发展而来的。

古人把修身养性作为养身之道的基础，把人的过分炽热欲望与非道德行为作为应该治疗的病态，重在于以精神修养为治疗手段，这正是药方式小品文这种艺术形态所蕴含着的文化内涵。我以为中国古代以药方写成的小品，无论是其内容还是其独特的文体形态和别致的比喻修辞手段，都是相当有民族特色的，值得我们加以注意。

无章无句妙成文

中国古代的文章学相当重视文章的字句章法。如《文心雕龙》便专门设有《章句》一篇。刘勰在篇中说："夫人之立言，因字而生句，积句而成章，积章而成篇。"刘勰认为写作就是从字句到篇章的过程，这可以说是文章写作的通例。但任何事物有通例，便也就有例外，古代散文就存在一种无章无法的"文章"。

我把这种无章无法的"文章"称为"意象体小品"。当然"意象体小品"这个名称是我杜撰出来的，我在这里大胆地称之为"文"，但文学研究界似乎还没有人把它们列入"文章"的范围之中；而且按通常的文章格式来衡量，这种形式也的确是称不上"文章"，甚至连完整的话语都不是。但是从审美的角度来看，却完全有资格称之为艺术作品。

我所说的"意象体小品"就是以一连串的意象连缀而成的小品。下面略举晚明小品数例加以说明。程羽文的《清闲供》中的"天然具""真率漏""酿王考绩""睡乡供职""十七医"等则小品都是以一系列的意象连缀而成的。如"真率漏"前有小序："柝鸣永巷，角奏边徼，击热敲寒，总不入高人之梦。惟是一顷白云，横当衾枕；数声天籁，代我丽谯云耳。"下文便铺陈各种令人神远的声音所构成的意象："蛙鼓、子规啼、竹笑、铁马骤檐、砧杵捣衣、蛩啾唧、鹤警露、松涛、鸡唱、石溜、雁过、犬声如豹、乌鹊惊枝、莎鸡振羽、钟远度、鱼跃浪、蚓笛。"就语言外在形式而言，它们甚至连句子都不是，只是一连串各自独立的语词。但综观全文，却是以一系列自然与社会的各种声响，构成一种令人神远的"天籁"。

陈继儒《书画金汤》中的"善趣""恶魔"等则也是用意象杂纂形式写成的：

善趣：赏鉴家　精舍　净几　风日清美　瓶花　茶笋橙桔时　山水间　主人不矜庄　拂晒　名香修竹　考证　天下无事　高僧　雪　与奇石鼎彝相傍　睡起　病余　漫展缓收

恶魔：黄梅天　灯下　酒后　研池汁　硬索巧赚轻借　妆藏印多　胡乱题　傍客　催逼　屋漏水　阴雨燥风　夺视　无拣料铨次　市谈揽　油汗手　晒秽地上　恶装缮　临摹污损　蠹鱼　强作解　鼠　喷嚏　童仆林立　问价　指甲痕　剪截摺蹙

如果说程羽文的"真率漏"是以各种并列的意象来构成的话,陈继儒的"善趣""恶魔"二则是杂陈各种与书画创作与鉴赏中的"善趣""恶魔"有关的人事情景,它似乎是一篇小品文写作的提要,只是几个关键词语。一种感悟式的写作,需要读者感悟式的阅读。

此外如屠本畯的《文字饮》也全是此类杂纂文字。《文字饮》分为"饮人""饮地""饮候""饮品""饮趣""饮助""饮禁""饮阑"诸类,而每类则用一系列并列的词语加以说明和摹绘。如"饮候"是"花前、笋时、鱼时、清秋、新绿、红叶、积雪";"饮趣"则是"清谈、度曲、围炉、吹箫、友造、妙令、吟成";"饮阑"则是"欹枕、散步、踞石、分韵、击磬、投壶"。袁宏道的《瓶史》"监戒"一节,也是用意象杂纂的形式,列举了使"花快意"的十四种意象和使"花折辱"的二十三种意象,展示出幽雅与俗气两种截然不同的生活环境和文化氛围。

黎遂球的《花底拾遗》描写美女与花相关的种种生活情趣。序中说:"生香解语,顾影相怜。深院曲房,别饶佳致。道人读书之暇,聊为谱之,不必溺其文情,聊堪裁作诗骨。"全"文"共并列一百五十多句话,每句话之间都无关连词语。其开头部分:

春朝姊妹为嫩蕊乞晴　下珠帘写种树书　选芳名字小婢　戏拈榴瓣贴臂作守宫砂　湖山背浴起落红粘玉　金笼悬鹦鹉作花监　带

花春睡惹浪蝶阑入红绡　白衣称檐卜　避人入深<u>丛</u>低枝胃鬟鬓　撷拾花事作佳谜　摘发系茉莉与郎　调鹦鹉舌教诵百花诗

结尾部分：

对镜比花发妒　上秋千飞红如雨　行酒触繁英有罚　唾香脂染损红心　摹兰竹影学画　青丝一缕系狂蜂　除夜朱砂染柏叶　结束上采莲船　串金刚子念珠　花祥瑞祷郎中甲　藏冰水制五色菊

《花底拾遗》与上述的小品有所不同，它不是词的并列，而是句子的并列，但两者之间的性质是相同的，都是通过单个的意象来构成整体的生活意境。后来的张潮高度赞赏黎遂球的《花底拾遗》说他"约束芬芳，平章佳丽，现美人身而说法，入名花队以藏身"，赞赏之余，不免模拟一番，"仿厥体裁"，作《补花底拾遗》，可见这种形态已经成为作家们喜爱的"体裁"。

　　清代作家的笔下，也常常出现"意象体小品"。比如清代作家石成金在其编著的《涉世方略》中的《快乐豫》《快乐条目》两篇全是以此文体写成。如《快乐豫》中的"举目即是美景"条：

　　人具乐心，开眼俱是美景；若闭目冥静，乐更多也。

　　看得意书　看山水　看农务　看桑麻　看采樵　看垂钓　看笔砚

　　　　　　　　　旨永神遥明小品

精良　看画　看夕阳反照　看明月　看雪　看浮云变幻　看晚霞　看雨滴花阶　看雨后新绿　看杨柳舞风　看花色鲜媚　看蝶戏花丛看风荷舒卷　看梅　看流水　看风帆　看剑

"入耳即是好音"条：

读书声　桔槔声　纺织声　欸乃声　牛背笛声　伐木声　采莲歌声　小儿声　月下歌声　雪洒窗声　钟声　风声　雨声　涛声溪声　鸟声　松声　子规弄晴声　远村鸡犬声　竹声　夕阳蝉声　蛙鼓声　蚓曲声　雁声　鹤声　酒槽滴声　四壁虫声　莺声

这两则随笔罗列各种自然与社会生活的景象和声音，只要能以一种超然的审美态度去欣赏，那么"举目即是美景"、"入耳即是好音"。

　　"意象体小品"形式上的渊源看来是比较复杂的。它首先可能是受到诗歌意象化的直接影响，中国古代诗、词、曲都重视意象经营，像辛稼轩的"明月别枝惊鹊"、马致远的"枯藤老树昏鸦"等，它们的表现方式都为"意象体小品"提供了借鉴。

　　中国古代的类书中的"事类""事对"的形态也可能对于"意象体小品"有某种潜在的影响。比如《初学记》卷十九"美妇人"条便辑有以下事对："弄玉、飞琼；南威、西子；楚娃、宋艳；绛树、青琴；巫峡，洛川；高唐，下蔡；翠翰眉、蝉翼鬓；束素腰，横波目。"
这是以最简洁的语言，辑录了有关古代美妇人的种种典故，其中也
有某些意象，可以使人产生一些联想。中国古代类书是文人们诗文
创作的重要参考材料，文人们对之都十分熟悉，所以我们不能排除
类书对于"意象体小品"的影响。

"意象体小品"也可能与唐代李商隐所创始的一种艺术形式有
关。李商隐写过 一本《杂纂》，是一部古代俗语的义类选集，其实
也是一种别具一格的语言幽默俚俗的笔记小品。如"煞风景"条，
就杂纂如下："松下喝道、苔上铺席、花下晒裈、石笋系马、步行将
军、果园种菜、妓筵说俗事、看花泪下、斫却垂杨、游春重载、月
下把火、背山起高楼、花架下养鸡鸭。"这十三事彼此皆无联系，但
又全是"煞风景"之事，故杂纂于一类。又如"不忍闻"条，罗列
令人不忍心听的事例："落第后喜鹊、旅店秋砧声、孤馆猿啼、市井
秽语、做孝闻乐声、少妇哭夫、夜静闻乞儿声、才及第便卒。"我们
很难肯定意象式小品创作是否自觉地受到《杂纂》的影响，但它们
至少在形式有相似之处，都是以义类来纂集成篇的。当然在情趣上
差异很大，因为《杂纂》多是记录口语俗话，故诙谐俚俗，而晚明"意
象体小品"表现的则是雅人高致。

我以为意象体小品是一种特殊的文学形式，从外在形式来看，
它不但没有具备一般文学作品所应有的形态，既无章法，也无句法，

旨永神遥明小品

甚至连完整的句子也没有，词语与词语之间也没有语法上必要的关联。古代作家在创作意象体小品时，与其他文体的创作不同，他们不是着眼于个别字句、章法、篇法等形式，而是致力于捕捉视觉、听觉、触觉、嗅觉方面的形象，以组成浑然的境界。我之所以认为它是文学作品，正在于它的一系列独立的看似零散语词之间，实际有一种内在的联系，能够构成一种独特的艺术意境，当然这需要读者想象的补充，但哪一种文学作品不需要读者想象补充呢？意象体小品呈现在读者面前的是一颗颗晶莹的珍珠，需要读者的想象力把它串成美丽的项链。我觉得意象体小品在美学上的意义还在于它是一种相当典型的作者与读者共同创造艺术意境的文体。清代词学家况周颐在谈到欣赏词作时有这么一段话："读词之法，取前人名句意境绝佳者，将此意境缔构于吾想望中。然后澄思渺虑，以吾身入乎其中，而涵泳玩索之。吾性灵与相浃而俱化，乃真实为吾有，而外物不能夺。"(《蕙风词话》)这种澄思涵泳的欣赏法，也许更合适于意象式小品的解读。

古典艺术形态的生命力是惊人的。虽然意象体小品主要是一种古典散文的特殊形态，但在白话文中，也没有完全失去其存在的意义。我们注意到当代作家与理论家也运用和关注到这种特殊的文学形态。著名作家汪曾祺在其《关于小说的语言（札记）》中说："强调作者的主体意识，同时又充分信赖读者的感受能力，愿意和读者共同完成对某种生活的准确印象，有时作者只是罗列一些事物的表象，单摆浮搁，稍加组织，不置可否，由读者自己去完成画面，注入情感。'鸡声茅店月，人 迹板桥霜'，'枯藤老树昏鸦，小桥流水人家，古道西风瘦马'。这种超越理智，诉诸"直觉的语言，已经被现代小说广泛应用"。他举了小说《钓人的孩子》为例：

> 抗日战争时期，昆明小西门外。
>
> 米市，菜市，肉市。柴驮子，炭驮子。马粪。粗细瓷碗。砂锅铁锅。焖鸡米线，烧饵块。金钱片腿，牛干巴。炒菜的油烟，炸辣子的呛人的气味。红黄蓝白黑，酸甜苦辣咸。

他说："这不是作者在语言上要花招，因为生活就是这样的。如果写得文从理顺，全都'成句'，就不忠实了。语言的一个标准是：诉诸直觉，忠于生活。"（《关于小说的语言》）汪曾祺先生从《钓人的孩子》这篇小说叙述形态的个案出发，对于这种罗列式的语言形态的理解甚有独到之处。他认为，在某种场合中，写得文从理顺，成章成句，反而是不忠实于生活。也就是说，这种意象式的语言不是单纯的艺术形式美的追求，而是为了更为真实传神地表现出某种特殊的生活状态来。他是从真实反映生活这个角度来理解这种语言形态的。

看来，意象式小品形态是一种"有意味"的艺术形式。

清人轻蔑明小品

　　晚明小品在后代的流传状况以及后人对于晚明小品的接受程度，也从一侧面反映出晚明小品的特色与价值。

　　中国古代小品有悠久的历史传统，然至晚明而盛极。晚明出现大量以"小品"命名的散文集子，当时的出版情况也可称为"小品热"。这种热，除了艺术上的原因之外，也有经济上的原因，因它们是畅销书。这种畅销正说明晚明人对于小品的热烈欢迎。

　　当然，也有部分晚明文人对于当时的小品热表示反感，如萧士玮《春浮园偶录》上说："近来'清纪''艳纪''快书''情种'等刻，此皆蜣螂抱丸，实为苏合者也。病据膏肓，良医却走，但恐毒气深入，传染者众，聊一针砭，为病狂者发汗耳。"这里对于晚明一些作家小品批评得相当激烈，不过萧士玮所反对的是那些在他看来纤巧轻佻的小品，这的确也是晚明小品创作中存在的不良倾向。

　　但是到了清代，晚明小品遭到相当激烈的反对和轻蔑。可以说，它受到来自各方面力量的夹攻，其中有文学内部的，也有文学外部的，有进步的思想家、文学家，也有正统的御用文人。他们虽有各自的立场和观点，却是不约而同地尖锐地批评晚明小品。

清初最先起来批判晚明文风的是由明入清的一些思想家和作家。此时，狂肆自由的思潮已经消歇，思想界占统治地位的仍是正统儒家思想。加上这些思想家和作家亲身体会到亡国之痛，对于晚明文人的种种弊病也了解很深，他们往往把明朝亡国与晚明的士风和文风联系起来。明末清初几位伟大的思想家既在学术方面批判晚明的空疏学风，同时对晚明的文风也是深恶痛绝的。顾炎武就批评公安、竟陵派的文人标榜门户，立异为高，认为他们空疏不学，徒事空文。甚至认为明朝的荡覆，是晚明文人空言的结果，晚明文人的创作成为一种"亡国之音"。

清初学者批评晚明文风，总是以李贽为始作俑者。王夫之在《文堂永日绪论外编》中回顾了明代文学的发展："自李贽以佞舌惑天下，袁中郎、焦弱侯不揣而推戴之，于是以信笔扫抹为文字，而诮含吐精微、锻炼高卓者为'咬姜呷醋'。故万历壬辰以后，文之俗陋，亘古未有。"王夫之在这里批评了从李贽开始的晚明文学，认为晚明文风的"俗陋"，是自古以来所未有的。他主要不满晚明文章的信笔而书，缺少斟酌，其实这正是晚明作品的特点。又如顾炎武《日知录》卷十八《李贽》："自古以来，小人之无忌惮，而敢于叛圣人者，莫甚于李贽。"他在《钟惺》一则中又批评钟惺"其罪虽不及李贽，然亦败坏天下之一人"。对于李贽和竟陵派持敌视态度，以之为败坏天下之罪人。总之，晚明的士风与文风都成为清初思想家的批评对象。

另外一些由明入清的文学家也起来批评晚明文风，钱谦益虽对公安派有好感，但却极力攻击竟陵。他在《列朝诗集小传》中的钟惺传中，说他们的诗文"如木客之清吟，如幽独君之冥语，如梦而入鼠穴，如幻而之鬼国"，"鬼气幽，兵气杀，著见于文章，而国运从之。"所以也是亡国之音，是"诗妖"。总之，其罪名是相当可怕的。

随着清王朝统治的逐步加强，晚明小品在清代又受到来自官方文学权威机构和正统文学思潮两方面的冲击，而这两方面冲击的合力，是带有摧毁性的。因为它们一方面要销毁晚明小品书籍，消灭其存在的物质形式；另一方面又从文学观念的内部，贬抑和排斥晚明小品。

清代在编修《四库全书》的同时，借征书、修书之机，大量地查禁、删改、销毁书籍。从乾隆三十九年（1774年）开始了一场规模浩大的禁书、销毁书活动，这活动持续将近二十年。据不完全统计，当时销毁之书约有三千种。而其中，晚明的书籍当然受到特别严格的审查和对待。清代的禁书活动，不限于修《四库全书》，而是贯串了整个清代。据姚觐元《禁毁书目四种》、陈乃乾《索引式的禁书总录》、孙殿起《清代禁书知见录》《清实录》《清代文字狱档》等书，许多晚明作家的著作在清代曾被列入禁书。其中如：徐渭、李贽、袁宗道、袁宏道、袁中道、王稚登、屠隆、钟惺、陶望龄、陈继儒、董其昌、李日华、陈子龙、宋懋澄、陈际泰、王季重、曹学佺、郑元勋、陈仁锡等。这些人的著作之所以被禁，一是政治上的原因，因为清朝统治者担心晚明书籍中记录了明清之际的史实，（如陈继儒的《建州考》）引起读者的反清情绪，所以列为查禁重点。

其次，清代统治者及正统的文人对于晚明的文风极端厌恶。正如周作人所说的："清朝士大夫大抵都讨厌明末言志派（即性灵一派）的文学，只看《四库书目提要》骂人常说不脱明朝小品恶习，就可知道这个影响很大，至今耳食之徒还以小品文为玩物丧志，盖他们仍服膺文以载道者也。"（《夜读抄》《苦茶庵小文》）事实的确如此，我们不妨看看《四库全书总目》对于公安、竟陵二派的一些评价。从总体上，四库馆臣认为，在晚明，"公安、竟陵新声屡变，文章衰敝，莫甚斯时。"（卷一七二）再看看具体的评价。在《四库全书》中，《袁中郎集》被列入别集类存目之中，没有资格进入正选之列，对他的评价是：

其诗文所谓公安派也。盖明自三杨倡台阁之体，递相摹仿，日就庸肤。李梦阳何景明起而变之，李攀龙、王世贞继而和之。前后七子，遂以仿汉摹唐转一代之风气。迨其末流，渐成伪体。涂泽字句，钩棘篇章，万喙一音，陈因生厌。于是公安三袁又乘其弊而排诋之……其诗文变板重为轻巧，变粉饰为本色，致天下耳目于一新，又复靡然而从之。然七子犹根于学问，三袁则惟恃聪明。学七子者，不过赝古；学三袁者，乃至矜其小慧，破律而坏度。名为救七子之弊，而弊又甚焉。

这是从明代文学的发展来评价公安派的，《四库全书总目》对于袁宏道及公安派文学创作上"变板重为轻巧，变粉饰为本色，致天下耳目于一新"的特点评价是比较准确的。但它所反映出来的文学史方面的价值观却是十分有趣的。"学七子者，不过赝古"，虽然有弊病，但危害不大；而学公安派的，却导向"破律而坏度"，也就是对文学传统的巨大破坏，这种破坏倒是比较严重的。所以，公安派的影响比七子复古派更坏，"两害相权取其轻"，公安派的性灵与七子拟古相较而言，应该先行摈弃。

《四库全书总目》对于晚明著作的批评往往从文风和士风两个方面入手，一是批评其"小品习气"，一是批评其"山人习气"。如对于谢肇淛《文海披沙》一书的提要："是编皆其笔记之文，偶拈古书，借以发议。亦有但录古语一两句，不置一词，如黄香《责髯奴文》之类者。大抵词意轻儇，不出当时小品之习。"批评周履靖《夷门广牍》"皆明季山人之窠臼"。批评张应文的《张氏藏书》"大抵不出明人小品之习气"。所谓"小品习气"是指儇薄轻佻的作风；而如沈大浴《蔬斋悱语》提要："前二卷皆随笔小品，不儒不释强作清言，不出明季山人之窠臼。"乐纯《雪庵清史》提要："是书皆小品杂言，分清景、清供、清课、清醒、清福五门，每门又各立子目。大抵明季山人潦倒恣肆之言，拾屠隆、陈继儒之余慧，自以为雅人深致者也。"所谓"山人习气"是指其以潦倒恣肆又自命清高之俗态。《四库全书总目》对于晚明出现的许多小品文集也是持轻视态度的，如评闵景贤、何伟然编的小品文集《快书》五十卷："是编割裂诸家小品五十种，汇为一集。大抵儇薄纤佻之言，又多窜易名目。"评何伟然编《广快书》五十卷："《快书》百种，最下最传。盖其轻儇佻薄，与当时士习相宜耳。"评陆云龙《皇明十六家小品》："每篇皆有评语，大抵轻佻儇薄，不出当时之习。前有何伟然序，伟然即尝刻《广快书》者，宜其气类相近矣。"《四库全书总目》甚至在批评清初的著作也用"晚明习气"这顶帽子。如评李日涤的《竹裕园笔语》"识趣议论，出入于屠隆、袁宏道、陈继儒之间，盖明末风气如是也"。评王晫、张潮合编的《檀几丛书》说"多沿明季山人才子之习，务为纤佻之词"。可见从清代正统的文学批评看来，晚明文风是作为一种坏典型，成为文学批评中的攻击对象。

清代散文创作的风气对于晚明小品的流传和接受也相当不利，

桐城派历时二百余年，几与清朝的统治相始终。桐城派的文学理论及其所造成的风气，对于晚明小品也起了一种压制的作用。桐城派的理论往往与晚明小品的创作倾向是对立的，它的理论基础是古文的"义法"，它对内容的要求是"言有物"，其实就是文以载道；而在形式上的要求是"言有序"（方苞《又书货殖传后》）。所谓"义法"，不仅对各种文体有不同的要求，而且对于文章的材料的详略取舍、文章写作的起伏开阖、虚实呼应等等也十分讲究。桐城派对于古文风格的要求则是"雅洁"，这首先是语言的淳雅凝练。方苞的门人沈廷芳记载了方苞的话："南宋元明以来，古文义法不讲久矣，吴越间遗老尤放恣，或杂小说，或沿翰林旧体，无一雅洁者。古文中不可入语录中语，魏晋六朝人藻丽俳语，汉赋中板重字法，诗歌中隽语，南北朝史佻巧语。"（《书方先生传后》）这段话简直就是针对晚明文风而言的。"吴越间遗老"更是直接指晚明的一些作家了。晚明文风的"放恣"与桐城派所提倡的"义法"正好背道而驰，晚明小品的语言正不乏"语录中语""藻丽俳语""隽语"和"佻巧语"。从桐城派的论文标准来衡量，这当然是很不"雅洁"的。总之桐城派所强调的"义法"，正是晚明小品所要突破的。无"义"无"法"正是晚明小品的特点，也是它们的精神所在。正如《四库全书总目》所说的，它们"破律而坏度"，背离和破坏了文学传统。一个颇能说明问题的事实是，在《四库全书》中，基本是不选晚明小品作家集子的。

也许，有人会认为这是"厚古薄今"之故，晚明离清代毕竟太近了。但比较一下，《四库全书》中收录清人作品数量之多，这种想法就不攻自破了。晚明小品在清代的不吃香，也就可想而知了。所以，自清初一直到近代，晚明小品受到正统文人的蔑视，只要看看清人的古文总集、选本的入选篇目，他们对于晚明小品的忽视或轻视就可以一目了然了。

晚明小品在清代受到的轻蔑，正说明它的思想艺术特色：因为它突破了传统古文的规范，所以受到正统和传统观念的文人的攻击。

然而在清代，尽管整个时代氛围与晚明截然不同，晚明小品受到来自多种思想观念的"围追堵截"，但仍显示出相当强的艺术生命力。从读者的兴趣而言，晚明小品还是拥有大量的读者。许多晚明小品书籍便是清人整理出版的，如有关晚明尺牍就有周亮工的《尺牍新钞》、陈枚的《写心集》《写心二集》、黄定兰的《明人尺牍》、黄本骥的《明尺牍墨华》等。这也从一个侧面反映了晚明小品在清代还拥有相当多的读者。

从文学传统的承传来看，清代不少作家创作出与晚明小品一脉相承的作品。如清初的傅山、金圣叹、李渔、廖燕、陆次云、周亮工，清代中期的史震林、袁枚、郑板桥、沈复等人的小品，仍与晚明文人的疏放通脱和浪漫情怀相通。比如李渔的《闲情偶寄》谈文说艺，且及于居室、饮食、养生、器物、花木虫鱼等，颇得晚明人清赏清玩与艺术小品的旨趣。金圣叹的小品挥洒自如、痛快淋漓，正说反说，皆成妙笔。开人心眼，发人深思，有李贽之遗风。袁枚的小品轻脱要妙，其尺牍率情而行，潇洒雅洁，神似公安而语言形式更为雅化。郑板桥的题跋与家书，以明明白白的语言，抒写真情真意，而通体洋溢着一种艺术情调和人间挚情。又如余怀的《板桥杂记》记载明末金陵狭邪艳冶生活，与晚明的香艳小品同出一辙，但书中还多少寄寓了时代盛衰的感慨。而在描写爱情生活方面，冒襄的《影梅庵忆语》沈复的《浮生六记》二书缠绵哀感，一往情深，是写情小品的杰作。这些作家和作品的出现说明晚明思潮在清代仍然影响着文人思想与创作，晚明小品的精神仍继续发挥其作用，这是统治者压抑不住的。

二十世纪小品热

　　晚明小品在清代受到冷落，但时来运转，到了二十世纪却受到相当热烈的欢迎，甚至由此引起一些争论。

　　不少现代作家认为，新文学运动的散文创作与晚明小品有血缘关系。如周作人就认为现代的散文小品，肇始于明代公安、竟陵两派。周作人在《〈近代散文抄〉新序》中说："正宗派论文高则秦汉，低则唐宋，滔滔者天下皆是，以我旁门外道的目光来看，倒还是上有六朝下有明朝吧。我很奇怪学校里为什么有唐宋文而没有明清文——或称近代文，因为公安竟陵一路的文是新文学的文章，现今的新散文实在还沿着这个统系……"在《中国新文学的源流》第二讲"中国文学的变迁"中，周作人又把晚明文学运动与新文化运动作了比较。他认为两者有些相似之处："两次的主张和趋势，几乎都很相同。更奇怪的是，有许多作品也都很相似。胡适、冰心和徐志摩的作品，很像公安派的，清新透明而味道不甚深厚。好像一个水

　　　　　　　　　　　　　　旨永神遥明小品

晶球样，虽是晶莹好看，但仔细看多时就觉得没有多少意思了。和竟陵派相似的俞平伯和废名两人，他们的作品有时很难懂，而这难懂却正是他们的好处。"

把新文学的散文渊源完全归之公安竟陵，也许失之狭隘，因为"五四"新文化运动在政治思想、社会理想上直接受到西方科学民主自由的思想的洗礼，与晚明文学在本质上毕竟不同，但新文化运动在思想与艺术形态方面都的确也受过晚明文学运动的一些影响，比如胡适的《文学改良刍议》提出文学改良的八方面：须言之有物；不模仿古人；须讲求文法；不作无病之呻吟；务去烂调套语；不用典；不讲对仗；不避俗字俗语。这些主张不少就是从李贽乃至公安派的文学思想那里来的。又如他说："文学者，随时代而变迁者也。一时代有一时代之文学：周秦有周秦之文学，汉魏有汉魏之文学，唐宋元明有唐宋元明之文学。"这简直就是公安派的声音。

二十世纪三十年代中国文坛曾有过一阵晚明小品热潮。当时林语堂等在其所办刊物《论语》《人间世》上极力推崇袁中郎等人的晚明小品，郁达夫、阿英、施蛰存、刘大杰等作家响应之，当时又出版了不少袁中郎等人晚明小品文集，一时掀起一股晚明小品热。林语堂一方面热情推崇晚明小品，一方面大力提倡小品写作。他在《人间世》的《发刊词》中说：

十四年来中国现代文学唯一之成功，小品文之成功也。创作小说，即有佳作，亦由小品散文训练而来。盖小品文，可以发挥议论，可以畅泄衷情，可以摹绘人情，可以形容世故，可以札记琐屑，可以谈天说地，本无范围，特以自我为中心，以闲适为格调，与各体别，西方文学所谓个人笔调是也。故善冶情感与议论于一炉，而成为现代散文之技巧。

在另一篇《论小品文笔调》的论文中又提出现代小品文的特点：

现代小品文，与古人小摆设式之茶经、酒谱之所谓"小品"，自复不同……亦与古时笔记小说不同。古人或有嫉廊庙文学而退以"小"自居者，所记类皆笔谈漫录野老谈天之属，避经世文章而言也。乃因经济文章，禁忌甚多，蹈常袭故，谈不出什么大道理来，笔记文学反成为中国文学著作上之一大潮流。今之所谓小品文者，恶朝贵气与古人笔记相同，而小品文之范围，却已放大许多。用途体裁，亦已随之而变，非复拾前人笔记形式，便可自足。盖诚所谓"宇宙之大，苍蝇之微"无一不可入我范围矣。此种小品文，可以说理，可以抒情，可以描绘人物，可以评论时事，凡方寸中一种心境，一点佳意，一股牢骚，一把幽情，皆可听其由笔端流露出来，是之谓现代散文之技巧。

林语堂对于小品文艺术特点的分析是十分精到的，甚至现在看来，

他对于小品文尤其现代小品文艺术的阐述，也还具有某种经典性。林语堂指出现代小品在表现内容和艺术技巧方面与古代笔记的联系与区别，也是很有价值的。

林语堂诸人大力提倡小品与幽默，引起一些学者作家的不满，如鲁迅先生就明确表示与之不同的观点。鲁迅并不反对晚明小品与小品创作，但不同意把晚明小品和小品的艺术定位为闲适、幽默与性灵，他在《一思而行》中说："小品文大约在将来也还可以存在于文坛，只是以'闲适'为主，却稍嫌不够。"他在此文中讽刺当时"轰的一声，天下无不幽默和小品"的风气说："说笑话就是讽刺，讽刺就是漫骂。油腔滑调，幽默也；'天朗气清'，小品也；看郑板桥《道情》一遍，谈幽默十天，买袁中郎尺牍半本，作小品一卷。"鲁迅还认为林语堂诸人过分而片面地强调袁中郎闲适、性灵和趣味的一面，歪曲了袁中郎的整体形象。他在《"招贴即扯"》一文中说，"然而世间往往混为一谈。就现在最流行的袁中郎为例罢，既然肩出来当作招牌，看客就不免议论这招牌，怎样撕破了衣裳，怎样画歪了脸孔。这其实和中郎本身是无关的，所指的是他的自为徒子徒孙们的手笔。"他说"中郎正是一个关心世道，佩服'方巾气'人物的人，赞《金瓶梅》，作小品文，并不是他的全部"。"中郎之不能被骂倒，正如他之不能被画歪。"现在看来，鲁迅主张知人论世、避免片面性的批评是相当合理的，他指出袁中郎有关心世道的一面也是正确的，但假如说袁中郎思想和行为的主体是一个"关心世道，佩服'方巾气'人物的人"则又不免过分夸大袁中郎正经的一面。其实，袁中郎尽管未忘情世道，在总体上却是追求闲适出世的名士气很浓的作家。对于现实的关切和对于"方巾气"人物的佩服，在政治上大无畏的反抗黑暗、反抗暴力，反对官僚主义的精神，只是他生活中的另一部分。林语堂、周作人等人推崇中郎的闲适、性灵和趣味，在当时有无积极意义是另一回事，但他们对于中郎的评论还是把握到他的主体和特点。

二十世纪三十年代的这场关于小品的论争如今早已硝烟散尽，而当时参加论争者绝大多数也成古人。现在再来看这种论争，平心静气地说，双方都多少有其合理之处。林语堂诸人为什么要推崇晚明小品呢？林语堂的说法颇有代表性，他在《有不为斋丛书序》中说："你何以要谈明人小品呢？……在我方面，只是认为文学佳作，认为有性灵文字，心好而乐之。"他们只是从纯文学的审美的角度喜爱和推崇晚明小品，这本来也是无可厚非的；而且他们对于晚明小品的评论也多中肯之论，尤其周作人对于晚明小品作家作品的研究，都比较准确。但是从当时的社会政治背景来看，情况便相当复杂了，对于晚明小品的评价，已经不是单纯的文学价值问题。当时日本帝国主义已入侵中国，而政治黑暗，民不聊生，在此民族矛盾、阶级矛盾异常激烈之时，林语堂、周作人等人和《论语》《人间世》等刊物还在大力推崇晚明小品，提倡性灵、幽默和闲适，的确显得很不合时宜，也产生了一些消极影响。

但是当时一些喜爱和推崇晚明小品的作家，也未始一味地鼓吹晚明小品的超然和闲适，其实他们也是看到晚明小品内容的复杂性与丰富性的。如施蛰存在《晚明二十家小品》的序中指出，他所选录的二十位晚明文人，对于正统文学来说，差不多都是叛徒，晚明小品是一种适性任情的文章。不过他在说明自己选文的标准时说："本集的编选，除了尽量以风趣为标准，把隽永有味的各家的小品选录外，同时还注意到各家对于文学的意见，以及一些足以表见各家的人格的文字。这最后一点，虽然有点'载道'气味，但我以为在目下却是重要的。""我在编此集的时候，随时也把一些足以看到这些明人的风骨的文字收缀进去。"比如汤显祖，他不仅是一个专门摹情说爱、风流跌宕的词人，还有一副刚正不阿的面孔。这种选文标准应该说是比较合理的，与鲁迅所主张的对于晚明作家应该知人论世，避免片面的批评方法是有一致之处的。

不过，当时许多作家把晚明小品作为一种特别推崇的对象，从而造成一种特殊的风气，这的确容易误导读者，容易出现一些偏颇。我觉得在二十世纪三十年代关于小品文的争论中，朱光潜在1936年所写的《论小品文——一封公开信——给〈天地人〉编辑者徐先生》是一篇值得注意的相当有见地的文章，他在信中说：

我并不敢菲薄晚明小品文，但是平心而论，我实在不觉得它有什么特别胜过别朝的小品文的地方……我尤其不相信袁中郎的杂记比得上柳子厚，书信比得上苏东坡。我并不反对少数人特别嗜好晚明小品文，这是他们的自由，但是我反对这少数人把个人的特殊趣味加以鼓吹宣传，使它成为弥漫一世的风气。无论是个人的性格或是全民族的文化，最健全的理想是多方面的自由的发展。晚明式的小品文聊备一格固未尝不可，但是如果以为"文章正轨"在此，恐怕要误尽天下苍生。专拿一个时代的风格做艺术的最高理想，这在中国也是自古有之。李梦阳、何景明之流拼命学唐诗，清末江西派诗人拼命学宋诗，他们的成绩何如呢？

　　你们高唱小品文，别人就会忘记小品文以外还有较重大的文学事业，你们高唱晚明小品文，别人就会忘记晚明以外的小品文也还值得一读。自然，小品文也是文学中的一格，晚明小品文也是小品文中的一格，都有存在的价值，你们欢喜它，是你们的自由，但是如果把它鼓吹成为风气，这就怕不免有我所忧惧的危险了。

　　他认为喜欢晚明小品作为个人爱好是无可非议的，尽管他并非十分喜爱晚明小品。但如果把晚明小品作为"文章正轨"而加以鼓吹，使之成为弥漫一世的风气，这却是于民族文化和文学创作有害。

　　1949年以后，中国文学史研究进入新的阶段，明代文学颇受重视，但在明代文学中受到研究者重视的文体主要是小说戏曲一类的通俗叙事文学，明代的诗、文颇受冷落。

近年来，越来越多的读者喜欢小品。走进书店，各类小品书籍占据了文学书架的大半空间，有古代小品，有现代小品；有重版小品，有新版小品；有各位名家的小品，也有各种以主题分类的小品；打开报纸杂志，它们也早就成了消闲小品栏目的天下，小品成为传播媒介的宠儿。如今名气最大的作家当然是散文小品作家，而诗人、小说家甚至学者们也不甘示弱，纷纷争着写小品。小品的命运，至当代而达到高峰，其盛况不但是二十世纪三十年代所不及的，恐怕比晚明时代都热闹，晚明小品在当今"小品热"之中也就当然地水涨船高。

小品热持续不降，也可以说是二十世纪九十年代中国文化的一种奇观。小品热，反映了当代社会的心态。文学告别了崇高和沉重，走向轻松和自由。我们似乎进入一个逃避崇高，走向世俗的时代，而其极端者，甚至走向鄙俗化，市侩化。九十年代"小品热"的结果，是读书界、创作界普遍弥漫着一种"小品习气"。不少读者偏嗜小品，他们流连于此，而不知此外有更为瑰丽辉煌的世界；一些作家，也只追求这种空灵闲适的小品风味，而不愿去追求更为崇高壮美的艺术境界。一些人粗通文墨，辄满纸庄禅；初涉人生，已泛论尘外。装深沉反成佻薄，饰高旷却显浅陋。而其下者，弄"真"成假，求雅得俗，空灵变为空洞，闲淡流为扯淡，小品也就成为无聊的小语了。小品的危机，正隐藏在小品文的盛行之时。

后记

　　想起古代一个故事。宋代大学者司马光一次想卖掉自己的坐骑，他交代卖马的老兵道："这匹马夏天以来患有肺病，如果有人来买，请先说明。"老兵笑他太愚拙。不过，也有人欣赏这种态度，明代的黄淳耀称赞他说，这就是佛教的"直心道场"，他还说，"吾人立诚，当自不妄语始"。用现在的话来说，司马光的行为大概近于"实事求是"的精神。我想，这也是学术研究应有的态度。在这本书的写作中，我始终追求这种"立诚""不妄语"的研究态度。

　　晚明小品在历史上曾长期受到贬抑和忽视，但近年又被推崇到不甚合适的地位上了。如何恰如其分地评价晚明小品的价值，是一个值得思考的兼有历史意义和现实意义的问题。

　　晚明小品在传统古文之外，另立一宗，它们不但走出"文以载道"的轨辙，而且逸出古文体制，以悠然自得的笔调，以漫话和絮语式的形态体味人生。晚明小品淡化了"道统"而增强了诗意，这

　　　　　　　　　　　旨永神遥明小品

可以说是其主要的特点。这种特点既包含着长处，也包含着短处：它在自由地抒发个性，真实地表现日常生活和个人情感世界方面，比传统古文更为灵活自如。而传统古文在规模、气魄、格调和法度方面，在其思想内涵和历史深度方面，则是晚明小品文难以望其项背的。晚明小品在文学史上的地位不能忽视，但也不应不切实际地拔高。我们在欣赏晚明小品之时，亦应看到它的一些流弊；在品鉴晚明文人的风流格调时，也不要忽略他们的不良习气。

一丘一壑，一亭一园，固足令人玩味不已，驻足留连；然若以为天下之美尽于此，而不知此外复有名山大川、北海南溟，则陋矣！晚明小品空灵闲适，亦足令人称赏，然若以为中国文学之精妙尽于此，或以为此即是古典散文之最精妙处，则亦陋矣！

这本小书，可以说是关于研读晚明小品的札记随笔。在此之前，我曾写过一本学术专著《晚明小品研究》，两书研究的对象虽然相同，但本书力求写得比较通俗生动些。我想重点介绍晚明小品主要的作家，实事求是地概括出它表现在思想情趣与艺术形态上的总体特点，既道出其妙处，也揭示出其弊端，让读者比较真实、全面地认识晚明小品。我更希望读者不仅喜爱晚明小品，而且能进一步去探索、欣赏古典文学中更为宏大、崇高的艺术世界。

吴承学

1997年于中山大学